中国孩子最喜爱的情感读本

为他人开一朵花

焦 育 ◎主编

图书在版编目(CIP)数据

为他人开一朵花/焦育主编. —北京：北京大学出版社,2009.1
（中国孩子最喜爱的情感读本）
ISBN 978-7-301-14767-2

Ⅰ.为… Ⅱ.焦… Ⅲ.儿童文学－故事－作品集－世界 Ⅳ.I18

中国版本图书馆CIP数据核字(2008)第194247号

书　　　　名：	为他人开一朵花
著作责任者：	焦　育　主编
丛书主持：	郭　莉
责任编辑：	刘祥和
标准书号：	ISBN 978-7-301-14767-2/G·2555
出版发行：	北京大学出版社
地　　　　址：	北京市海淀区成府路205号　100871
网　　　　站：	http://www.jycb.org　http://www.pup.cn
电子信箱：	zyl@pup.pku.edu.cn
电　　　　话：	邮购部 62752015　发行部 62750672　编辑部 62767346
	出版部 62754962
印刷者：	北京大学印刷厂
	730毫米×1020毫米　16开本　12印张　175千字
	2009年1月第1版　2011年11月第5次印刷
定　　　　价：	20.00元

未经许可，不得以任何方式复制或抄袭本书之部分或全部内容。
版权所有，侵权必究
举报电话：(010)62752024　电子信箱：fd@pup.pku.edu.cn

一、为他人开一朵花

为他人开一朵花	2
格林夫人	3
真实的善良	6
黄纱巾	8
携着善良奔跑	10
他不该得到一个"A"吗？	12
魅力	14
心灵创可贴	18

二、一个有魔力的字

这就叫公德	22
盲人按摩师的风景	24
做砚与做人	26
阳光灿烂每一天	28
小象井	30
一个有魔力的字	34
你不信任我	37
清洁天使	40

为他人开一朵花
WEI TAREN KAI YIDUOHUA

邻居的狗 ………………………………………… 42
一夜胸针 ………………………………………… 45
报偿 ……………………………………………… 48
医生为什么迟到了 ……………………………… 50
难忘亨利先生 …………………………………… 51

三、一滴水映射大世界

一串红璎珞 ……………………………………… 54
忍耐与宽容 ……………………………………… 57
体面的人 ………………………………………… 59
传下去 …………………………………………… 62
两块钱的"敲门砖" ……………………………… 65
书 ………………………………………………… 67
美术课和鸡蛋 …………………………………… 68
捅马蜂窝 ………………………………………… 71
旧课本 …………………………………………… 74
德国人走在钟表上 ……………………………… 76
请把试卷认真读完 ……………………………… 78

四、美好的声誉

美好的声誉 ……………………………………… 82
撒谎之灾 ………………………………………… 84
一个关于诚信的异域故事 ……………………… 86
纽扣 ……………………………………………… 88
信任也是一种约束 ……………………………… 90
诺言 ……………………………………………… 93
皮棉帽引发的声誉危机 ………………………… 96
一诺千金 ………………………………………… 99

五、爱的力量

只有爱才会教人爱 ……………………………… 102

飞翔的雪鹀 ………………………………………… 105
守望的天使 ………………………………………… 110
一位母亲与家长会 ………………………………… 114
爱的力量 …………………………………………… 116
盲女后来看到的 …………………………………… 117
奔跑的母亲 ………………………………………… 118
三袋米 ……………………………………………… 121

六、谢谢老师

谢谢老师 …………………………………………… 126
最美的眼神 ………………………………………… 128
"三好生" …………………………………………… 130
难忘的体罚 ………………………………………… 133
有种水果叫香蕉 …………………………………… 135
感谢左手 …………………………………………… 138
难忘的八个字 ……………………………………… 139

七、心中流淌的清泉

友情的树枝 ………………………………………… 142
我的朋友——一个电话员 ………………………… 144
汪伦之约 …………………………………………… 147
老舍和朋友们 ……………………………………… 149
晚餐桌上的大学 …………………………………… 153
守林人 ……………………………………………… 155
父亲的菜园 ………………………………………… 156
购买上帝的男孩 …………………………………… 158

八、最后一棵树

保护罗布泊 ………………………………………… 162
一碗水的愤怒 ……………………………………… 164
最后一棵树 ………………………………………… 166

金星人的挫折 ··· 169

善良的动物残忍的人 ··································· 171

别碰坏鸟儿的歌声 ···································· 173

云雀 ·· 175

烈马青鬃 ·· 177

橡树之谜 ·· 179

自然之道 ·· 181

一、为他人开一朵花

YI WEI TAREN KAI YIDUOHUA

为他人开一朵花 / 青　杨

格林夫人 / Linda Neukrug

真实的善良 / 梁晓声

黄纱巾 / 薛　涛

携着善良奔跑 / 小　月

他不该得到一个"A"吗？/ 凯瑟琳·比尤利

魅力 / 阿尔卡基·布霍夫

心灵创可贴 / 麦雷蒂·迈卡提

为他人开一朵花

【青 杨】

一个窗台上有一朵花,这个屋里就有生气了。一棵树上开了一朵花,这棵树就饱满成熟了。一条路上绽放一朵花,这条路就多情缠绵了。一个人给另一个人送一束花,这两人就有情有意了。一个健康人给一个病人送一把花,这个病人就有抗争的勇气了。

让自己的生命为他人开一朵花,为他人灿烂一片心地,增加一缕温馨,添一份生存下去的理由,多一点活下去的借口,就是提高自己的生存质量。用自己的心为他人做圃,给他人吐一地绿荫,染一片色彩,就是给自己的人生喝彩。

一次无偿献血是一朵花,一个受伤后的救助是一朵花,一次善意的批评是一朵花,一句关切的问候是一朵花,一次适时的看望是一朵花,一个及时的电话是一朵花,一个亲切的微笑是一朵花,一次碰撞后的忍让是一朵花,一次跌倒后的搀扶是一朵花,一次大度的让贤举荐是一朵花……

有的人的心是一座大花园,里面开满了吐香的鲜花,能幸福许多人,如圣女贞德,如中国的雷锋。有的人的心是一朵花,只为一个相爱的人开放,如祝英台。有的人的心是一片草地,年年绿了却开不出花来。有的人的心是死灰,永远长不出绿叶,更开不出美艳的花。有的人的心是泥潭,让一个个人掉下去窒息而死。

能为别人开花的心是善良的心,能为别人给出缤纷的赞美是真诚的情,能为别人的生活绚丽而付出的人是不寻常的人,这类人必定有高贵的精神,有高尚的品格,有天使般的心灵。这类人是人心的旗帜、人世的脊梁、人群的魂魄。

一、为他人开一朵花

格林夫人

【Linda Neukrug】

我刚搬进纽约市布鲁克林区的一幢公寓楼里。我注意到在住户的邮箱旁贴了一张布告，上面写着："对格林夫人的善举：愿意每月接送两次住在3B室的格林夫人去医院做化疗的人请在下面签名。"

因为我不会开车，就没有签名，然而"善举"一词却一直在我脑海里盘旋。这是希伯来语，意思是"做好事"，依照我祖母的理解，它还有另一层含义。因为她发现我很羞涩，总是不愿意请别人帮忙，于是她就常对我说："琳达，帮助别人是一种幸福，允许别人帮助你有时候也是一种幸福。"

一天傍晚，大雪纷纷扬扬下个不停，上课的时间也快到了，我只好披上厚大衣向公交车站走去。虽然从我家到车站没多远，但是在这种暴风雪的天气里，那简直就是长途跋涉。我用祖母为我织的蓝围巾把脖子围紧，耳边似乎响起了她的声音："你为什么不看看是否能搭个便车呢？"

一千个反对的理由跳进我的脑海：我不认识我的邻居，我不喜欢打扰别人，我觉得请人帮忙很可笑。强烈的自尊心不允许我敲开别人家的门。

我继续艰难地向公交车站走去……

三周后的一天晚上，我们要进行期终考试。那天雪下得更猛，我在车站等了很久汽车还没来，我终于放弃了。在返回公寓的路上，我问上帝：我该怎么办啊？

当我把围巾拉得更紧时，我仿佛又听到祖母在说：向某位司机请求搭个便车，那不是什么坏事！祖母的劝说对我从未有过意

为他人开一朵花
WEI TAREN KAI YIDUOHUA

义，何况，即使我想请人帮忙——其实我并不想那么做——旁边也没有人。

然而，当我推开公寓楼门时，我差点和站在邮箱旁的一位夫人撞个满怀。她穿了件褐色大衣，手里拿了一串钥匙——显然，她有汽车，她正准备出门。就在那一刹那，绝望战胜了自傲，我脱口而出："您愿意让我搭个便车吗？我从没向别人这样要求过，可是……"

那位夫人露出一副惊讶的表情。

"噢，我住在4R室，刚搬来。"我赶紧解释。

"我知道，我见过你。"然后，她毫不犹豫地说，"当然，我愿意让你搭车，我上楼去拿汽车钥匙。"

"你的汽车钥匙？你手里拿的不是车钥匙吗？"我看着她手里的钥匙问道。

"不，我只是下楼来取信，不过我很快就回来。"说完她就向楼上走去。

我急忙叫道："夫人！请等等！我并不想勉强你出门，我只想搭个便车！"但是她很快就消失在楼梯拐角处。我觉得自己很窘，然而一路上，她温暖的语调很快让我平静下来。"您使我想起了我的祖母。"我感激地说。

听完我的话，她的嘴角露出了一丝微笑："就叫我艾莉丝奶奶吧，我的孙子都这么叫我。"

她终于把我送到了学校，我的期终考试顺利通过了，而且，请艾莉丝奶奶帮忙对我而言是一次突破，这使我以后能轻松地问别人："有人和我同路吗？"实际上每晚都有三个同学开车从我家经过。"为什么你不早说呢？"他们几乎是异口同声地问。

回到公寓楼时，我正碰上艾莉丝奶奶从邻居家出来，"晚安，格林夫人！"那位邻居说。

格林夫人——那个患了癌症的女人！"艾莉丝奶奶"是格林夫人！我站在楼梯上几乎说不出话来，我所做的事情简直是不可饶恕的：我居然要一个与癌症作斗争的病人冒着暴风雪送我去学

一、为他人开一朵花

校！"噢，格林夫人，"我结结巴巴地说，"我不知道您就是格林夫人。请原谅我！"

我拖着沉重的脚步向家走去，我怎么能做出这种事情？几分钟后，有人敲我的房门——是格林夫人。

"我可以跟你说句话吗？"她问。我点了点头，请她坐了下来。"我以前也很强壮，"她说，然后，她哭了，"过去我也能帮助别人。而现在，每个人都来帮我，为我做饭，送我到我要去的地方。我不是不想感激，而是没有了机会。但是那晚，在我下楼去取信时，我在心中祈求上帝，让我再像正常人那样感受到帮助别人的快乐吧。然后，你走了过来……"

善不是一种学问，而是一种行动。
——罗曼·罗兰

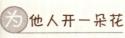

为他人开一朵花

WEI TAREN KAI YIDUOHUA

真实的善良

【梁晓声】

有一个时期,我因医牙,每日傍晚,从北影后门行至前门,上跨街桥,到对面教育印刷厂的牙科诊所去。在那立交桥上,我几乎每次都看见一个残了双腿的瞎老头儿,卧在那儿伸手乞钱。其中有三次,看见一个老太婆在给那瞎老头儿钱,照例是十元钱和一塑料袋儿包子。过街桥上上下下的人很多,不少的人便驻足望着那一情形,但是没人掏出自己的钱包。有一天风大,将老太婆刚掏出的十元钱刮到了一个小伙子脚旁。他捡起,明知是谁的钱,却若无其事地往自己兜里一揣,扬长下了跨街桥。所有在场的人,都从桥上盯着他的背影看。我想他一定能意识到这一点的,所以没勇气回头也朝桥上的人们望。

瞎老头儿问老太婆:"好人,你想给我的钱,被风刮跑了吧?那也算给我了!我心受了!"

老太婆说:"是被风刮跑了。可已经有人替我捡回来了!给!……"

我认识那老太婆。她从早到晚在离桥不远的地方卖茶蛋。我想她一天挣不了几个十元钱的。

于是,几乎每个驻足看着的人,都默默掏出了自己的钱包。

那一天我没去牙科诊所。因为我也把钱给了那个瞎老头儿。

后来那瞎老头儿不知去向了。

而那老太婆仍在原地卖茶蛋。

有天我经过她跟前,不由自主地停下脚步买她的茶蛋。我不迷信,可我似觉她脑后有光环闪耀。

我问她:"您认识那老头儿?"

一、为他人开一朵花

她摇摇头,反问我:"可怜的老头儿,他哪儿去了?"

我也只有以摇头作为回答。

她长长地叹了口气。我从中顿时感到一种真真实实的善良,仿佛从这卖茶蛋的老太婆心里作用到了我自己的心里。

善良既是历史中稀有的珍珠,善良的人便几乎优于伟大的人。

——雨 果

黄纱巾

【薛 涛】

女孩放学要经过一个小小的服装市场。

女孩看见并喜欢上了一条黄纱巾。

女孩停住不走了,呆呆地看。

卖货的是一个中年人。

买下吧,孩子,就剩这一条了,只卖10元钱。

女孩无奈地摇摇头。钱,女孩没有。

可以向家里要嘛,我给你留着,看得出你很喜欢它。

女孩恋恋不舍地离开了。

整个晚上,女孩也没提要买黄纱巾的事,并发誓永远不提这件事。

家里不富裕,女孩知道。

女孩再走过小市场时,老远就看见黄纱巾还在那儿飘舞着,像一只黄蝴蝶。女孩远远看了一会儿,才慢慢走近。

带钱了吧?

女孩摇摇头。

中年人抚摸着这条黄纱巾又看着女孩,并想象了一下,觉得女孩与黄纱巾搭配在一起是绝妙的组合,就很替女孩惋惜。

你喜欢它,没错?

嗯,女孩认真地点点头。

女孩准备离开了。注定买不了它,不如早点儿走开好。

女孩刚走开,中年人已摘下黄纱巾,并追上女孩。

孩子,送给你吧。收下。你围上它肯定好看。

女孩一愣。

一、为他人开一朵花

不,我不能白收人家的东西。女孩毫不犹豫地说。

收下,是我愿意送的。我自愿的。

不能!那样我会很难受,比得不到它还难受。

女孩跑开了。

女孩又回过头说,反正站在楼上也能看见它。能看见它,就很好了。

中年人立在那儿。

从此,女孩不再从那里经过。注定买不下它,绕开它不是更好吗?女孩写作业累了就往楼下看看,看看那条在微风中舞动的黄纱巾。

许多天过去了,那条黄纱巾仍旧挂在那里。它为什么一直挂在那儿没人买?那条黄纱巾,装饰了女孩的梦。

其实很简单,中年人挂了个标签在旁边。标签上写着:永不出售。

美德不是装饰品,而是美好的心灵的表现形式。
——纪德

携着善良奔跑

【小 月】

病痛让我的右臂和右腿活动受阻。尽管有病，借着安装在车里的特殊设备，我仍然坚持每天开车上下班。

一个夜晚，起程回家时天正下雨，我缓慢地沿着一条小路开着车。突然间，我听到可怕的轮胎爆裂的响声，我费劲儿地把车停下，这突如其来的事故使我一下子呆坐在了车里。

我不可能更换轮胎，因为我是残疾人。怎么办？我突然想起前方不远处有幢房子。我发动车子，摇摇晃晃地朝前慢慢蠕动。谢天谢地，那幢房子还透着灯光。我按了按汽车喇叭。

门开了，一个看上去不过10岁的小女孩站在那儿，睁大眼睛看着我。我摇下车窗，大声说我的轮胎爆了，需要有人帮忙换掉它，因为我是一个用拐杖走路的残疾人，没法儿自己动手。女孩进了屋，一会儿又出来了，后面跟着一个男人，他高兴地向我问候。

我舒舒服服地坐在车里，那男人和那小女孩在雨幕里辛苦地干着活儿。车后传来金属碰撞声和小女孩清晰的说话声："爷爷，这是千斤顶把手。"千斤顶顶起车子时，车身慢慢倾斜。后来轮胎终于换好了。他们站在车窗旁。

"谢谢。"我说，"我该付多少钱？"

他摇摇头："不要钱。我孙女告诉我你是个残疾人——用拐杖的。能帮上忙我很高兴，我知道假如换成是我，你也会为我这么做。不要钱，朋友。"

为了表示我的真诚，我还是伸手从车窗里递出了一张钞票，但他没有收下钱的意思。小女孩走近车窗，轻声说道："叔叔，

一、为他人开一朵花

对不起,我爷爷看不见。他是个瞎子。"

在随后的几秒钟里,我呆若木鸡,羞愧深深地刺痛着我。一个盲人和一个孩子!他们在黑夜里用湿冷的手摸索着冰冷的工具,帮我这个有点儿残疾的年轻人换上了轮胎!

现在,虽然我身体的右半部分活动已受阻,但我还是学会了自己动手去做很多力所能及的事情,也尽量给人一些小小的帮助。善良是一支接力棒,我想我应携着它在人生的道路上奔跑。

极端公正和善良的心是不属于庸俗的人的。良心的觉醒就是灵魂的伟大。

——雨 果

他不该得到一个"A"吗?

【凯瑟琳·比尤利】

我的第二个孩子埃里克,不论怎样努力,成绩始终不好,那些写着"C"的成绩报告单总是令他伤心落泪。

如果他不能学有所成,将来靠什么生活?想到这些,我就忧心忡忡。

在埃里克16岁那年,我对他有了新的认识。那天,我们正在起居室里,突然响起了一阵急促的电话铃声。我连忙抓起了电话……我惊呆了:我79岁高龄的父亲因心脏病突发去世了。

"爸爸!"当我沉痛地把消息告诉每一个人的时候,埃里克痛哭失声。在埃里克5岁以前,我父亲确实给他担当过"爸爸"的角色,所以,埃里克经常这么称呼他。在那些日子里,我丈夫经常是夜里工作,白天睡觉。带埃里克的任务就落在我父亲的肩上,他带他去理发,吃冰激凌,陪他打棒球等等。可以说,我父亲是埃里克的第一个好朋友。

后来,当我父亲离开我们回到生他养他的故乡时,埃里克仿佛失魂落魄似的。随着时间的推移,逐渐地,埃里克懂得了祖父对那些老朋友和故土的深深眷恋之情。而祖父的每一个电话和每一次来访都让埃里克欣喜若狂:他的"爸爸"从来没有忘记他!

当我和两个孩子走进殡仪馆,走向他们祖父时,我感到埃里克猛地抓住了我的手。后来,当数百位亲友络绎不绝地拥入告别厅的时候,我们才依依不舍地离开他的遗体,站在告别厅的一侧。

突然,我发现埃里克不知什么时候竟然不在我的身边了。我转过身,环顾四周,发现他正站在入口处帮助那些老人——有的

一、为他人开一朵花

坐着助步车,有的拄着拐杖,还有很多人则要斜靠在埃里克的肩膀上由他搀扶着才能走到我父亲的遗体前。

那天晚上,丧事承办人向我提及还需要一名护柩者的时候,埃里克立刻接过话问道:"先生,我能帮您吗?"

但是,丧事承办人却建议他最好和他的妹妹还有我待在一起。可是,埃里克却摇了摇头,说:"我小的时候,一直都是'爸爸'带我,现在该我抬他了!"听到埃里克的话,我顿时难过地哭了起来。

从那一刻起,我知道我绝对不会再因为埃里克考不到好成绩而严厉地斥责他了,因为我所预想的那个形象根本就无法与我已经非常好的儿子相比。他的善良、他的爱心,都是上帝赐给他的礼物。

如今,埃里克已经20岁了,他仍旧在继续传播他的善良。无论走到哪里,对于他人,他仍旧一如既往地满怀同情。我不禁自问:"当一个年轻人已经尽了自己最大的努力,发挥了他最大的潜能的时候,他的精神不应该得到一个'A'吗?"

一颗善良的心就是一席永恒的筵席。
——夸美纽斯

为他人开一朵花
WEI TAREN KAI YIDUOHUA

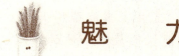

魅　力

【阿尔卡基·布霍夫】

今天是第一次带卡佳上剧院。

打从早上起，她便在屋子里踱来踱去，头上别了个天蓝色的大花结，神情是那样的庄重、严肃，父亲忍不住想在她那散发着香味和孩子气息的细脖颈上吻上一吻。

"我们走吧。"好不容易等到晚上六点钟开灯的时候，她说，"要不，别人都坐上了位子，我们就找不到地方坐了。"

"剧院位子都是编号的。"父亲微微笑了笑说。

"是对号入座？"

"是的。"

"那别人也快坐好了。"

她的眼神是那样的焦急，父亲不得不在开演前一个小时便带她出发了。

父女俩第一个走进了剧场大厅。枝形吊灯、镶着红丝绒的包厢座位、若明若暗地闪动着光泽的大幕，使她那颗隐藏在咖啡色外衣下的幼小心脏似乎一下子停止了跳动。

"我们有票吗？"她怯生生地问。

"有的，"父亲说，"就在这儿，第一排。"

"有座号吗？"

"有座号。"

"那我们坐下来吧。要不，你又会像上次在公园里那样把我丢掉的。你准会。"

直到戏开演前的一刹那，卡佳还不相信幕布真的会启开来。她觉得，现在所看见的一切足够她记住一辈子啦。

一、为他人开一朵花

可是灯光熄灭了,周围的人立即安静下来,没有人再把戏单弄得哗哗响,也没有人再咳嗽。幕,启开了。

"你知道今天演什么?"父亲轻声问。

"别出声。"卡佳答道,比父亲声音还要轻,"知道。《汤姆叔叔的小屋》。我读过这本书。讲的是买卖一个黑奴的故事。一个老黑奴。"

从舞台上飘来一股潮味和寒气。演员们开始用一种木呆的声音读着早已腻烦的道白。卡佳抓住座椅的扶手,沉重地喘息着。

"喜欢吗?"父亲慈祥地问。

卡佳没有吱声。值得回答这样一个多余的问题吗?

第一次幕间休息时她蜷缩在那张大椅子上,不住地轻声抽泣。

"卡秋莎,我的小女儿,你怎么啦?"父亲关切地问,"你干吗哭,傻孩子?"

"他们马上要卖他了。"卡佳噙着眼泪说。

"要卖谁了?"

"汤姆叔叔。卖一百块钱。我知道,我读过。"

"别哭,卡佳。人家都在看你。这是演戏,演员们演的。好了,我给你买一个蛋糕,好吗?"

"奶油的?"

"奶油的。"

"算了,"她脸色忧郁地补充说,"我哭的时候不想吃。"

她愁眉苦脸地坐在那儿,一句话也没有说。

"这孩子有点毛病。"邻座一个秃顶的男人一边嚼着果汁块糖,一边不满地说道。

"这孩子第一次上剧院。"父亲悄悄地赔不是说。

下一幕开始了。汤姆叔叔被拍卖。

"现在开始拍卖黑人汤姆。一百块钱!谁愿意给个高价?"

忽然,像是一股细细的、如怨如诉的水流,从第一排座位上冒出来一声铮铮作响的童音:

"二百。"

为他人开一朵花

WEI TAREN KAI YIDUOHUA

拍卖人放下了小木槌,困惑地望了望提台词的人。站在左面最前头的一个不说话的配角笑得打了个嗝儿,躲在侧幕后去了。"汤姆叔叔"本人用双手蒙住了脸。

"卡佳,卡佳,"父亲吃惊地抓住她的手,"你怎么搞的,卡秋莎!"

"二百,二百块!"卡佳嚷道,"爸爸,不能把他卖掉!……好爸爸!……"

秃顶邻座把戏单往地上一扔,低声斥道:

"我看这孩子是有毛病!"

后几排的观众开始探究地伸长了脖子。爸爸急忙抱起卡佳往出口走。她紧紧地搂住他的脖子,一张泪汪汪的脸贴在父亲的耳朵边。

"喏,这场戏看得好。"走进休息室时爸爸生气地说,他两颊通红,十分狼狈,"你这是怎么啦!"

"汤姆叔叔真可怜。"卡佳轻声答道,"我不再这样做了。"

父亲瞥了一眼歪到一边的大花结和挂在眼角上的一行泪,叹了一口气。

"喝点水吧。你要愿意,我马上带你去看看他。想看汤姆叔叔吗?他正坐在自己的化妆室里,好好的,并没有被卖掉。想看吗?"

"带我去吧。我想看。"

观众已经吵吵嚷嚷地从演出厅涌向走廊和休息室。大家都笑着在谈件什么事情,父亲慌忙把卡佳带到走廊尽头的一间屋子。

扎波里扬斯基已经用厚厚一层凡士林抹去了脸上的黑颜料。他的脸变得又胖又红,再加上扑粉,看起来活像一个小丑。刚才扮演拍卖人的那位叔叔正忙乎着系领带。

"您好,扎波里扬斯基。"父亲说,"喏,瞧吧,卡捷琳娜,这不就是你的汤姆叔叔吗?好好瞧瞧吧!"

卡佳睁大眼睛朝演员的那张满是扑粉的脸望了望。

"不对。"她说。

一、为他人开一朵花

"哦,"扎波里扬斯基呵呵大笑起来,"真的,我真的是……要不要我给你表演黄鼠打哨?"

不待她回答,他便打了一个长长的呼哨,可一点也不像黄鼠。

"喏,怎么样,"刚才的那位"拍卖人"打好蝴蝶结后问,"现在可以把他卖掉了吧?"

卡佳两眼的火光熄灭了,她既忧伤,又失望地说:"卖掉吧。"

善良的心是最好的法律。

——麦克莱

心灵创可贴

【麦雷蒂·迈卡提】

"嗨,妈妈,你在做什么?"苏茜问。

"我在给邻居史密斯太太做一个焙盘。"她妈妈说。

"为什么呢?"年仅6岁的苏茜问道。

"因为史密斯太太很伤心,她失去了女儿,难过得心都碎了。我们应该照顾她一段时间。"

"为什么呢,妈妈?"

"你看,苏茜,当一个人非常非常伤心的时候,他甚至会在一些像做饭这样的小事上有麻烦。因为我们都是社区中的一员,而史密斯太太又是我们的邻居,所以我们应该做些事情帮助她。史密斯太太再也不能和她女儿聊天或者拥抱她,或者做一些妈妈和女儿一起做的愉快的事情。你是个聪明的姑娘,苏茜,也许你会想出一个办法来帮助照顾史密斯太太。"

苏茜很严肃地思考了这个问题:她怎么才能为照顾史密斯太太出一分力呢?

几分钟之后,苏茜敲了她家的门。

过了一会儿,史密斯太太开门说:"嗨,苏茜。"

苏茜注意到史密斯太太的语调不如以前她和人打招呼时那么委婉动听了。而且,史密斯太太看上去好像一直在哭泣,因为她的眼睛很湿,还有些肿。

"我能为你做些什么,苏茜?"史密斯太太问。

"妈妈说你失去了女儿所以非常非常伤心,伤心得心都碎了。"苏茜害羞地伸出了手,手中是一片创可贴,"这是为你受伤的心准备的。"

一、为他人开一朵花

  史密斯太太哽咽了，泪水有些止不住。她蹲下来抱住了苏茜，含泪说道："谢谢你，亲爱的，这很管用。"

  史密斯太太接受了苏茜的善举，而且格外地珍惜。她买了一个带有普列克锡玻璃镜框的小钥匙环——既能挂钥匙又能骄傲地展示一张家里人照片的那种。史密斯太太把苏茜给的创可贴放进了镜框里，以便每次看到它时都能提醒自己要让心灵的伤口愈合一些。

善良的心地，就是黄金。
——莎士比亚

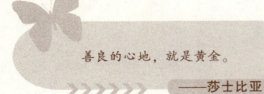

二、一个有魔力的字

ER YIGE YOU MOLI DE ZI

这就叫公德 / 冯骥才
盲人按摩师的风景 / 罗　西
做砚与做人 / 刘　墉
阳光灿烂每一天 / 刘念国
小象井 / 杨　鹏
一个有魔力的字 / 维·奥谢耶娃
你不信任我 / 戈·格林
清洁天使 / 一　冰
邻居的狗 / 吉米·斯特沃
一夜胸针 / 柯　玲
报偿 / 丹·克拉克
医生为什么迟到了 / 奚翔光
难忘亨利先生 / 王　亿

这就叫公德

【冯骥才】

在汉堡定居的一个中国人，对我讲了他的一个亲身感受——

他刚到汉堡时，跟几个德国青年驾车到郊外游玩。他在车里吃香蕉，看车窗外没人，就顺手把香蕉皮扔了出去。驾车的德国青年马上"吱"地来个急刹车，下去拾起香蕉皮塞进一个废纸兜里，放进车中，对他说："这样别人会滑倒的。"

在欧美国家的快餐店里，有个不成文的规矩，吃完东西要把用过的纸盘纸杯吸管扔进店内设置的大塑料箱内，以保持环境的整洁。为的是使别人舒适，不妨碍影响别人，这叫公德。

在美国碰到过两件小事，我印象非常深。

一次是在华盛顿艺术博物馆前的开阔地上，一个穿大衣的男人猫腰在地上拾废纸。当风吹起一张废纸时，他就像捉蝴蝶一样跟着跑，抓住后放进垃圾桶内，直到把地上的乱纸拾尽，拍拍手上的土，走了。这人是谁？不知道。

另一次在芝加哥的音乐厅。休息室的一角是可以抽烟的，摆着几个脸盆大小的落地式烟缸，里面全是银色的细砂，为了不叫里边的烟灰显出来难看。但大烟缸里没有一个烟蒂——柔和的银砂很柔美。我用手一拂，几个烟蒂被指尖勾起来。原来人们都把烟蒂埋在下面，为了怕看上去杂乱。值得深思的是，没有一个人不这样做。

有人说，美国人的文化很浅，但教育很好。我十分赞同这种见解。教育好，可以使文化浅的国家的人文明；教育不好，却能使文化古老的国家的人文明程度低，素质很差。教育中的"德"，一个重要成分是公德。公德的根本是重视他人的存在。

二、一个有魔力的字

美好的环境培养着人们的公德，比如清洁的新加坡，有随地吐痰恶习的人也不会张口把一口黏痰吐在光洁如洗的地面上。相反，混乱肮脏的环境败坏人们的公德，比如纽约地铁的墙壁和车厢内外到处胡涂乱抹，污秽不堪，人们的烟头乱纸也就随手抛了。

好的招致好的，坏的传染坏的，善的感染善的，恶的刺激恶的，世上万事皆同此理。

你要欣赏自己的价值，就得给世界增添价值。

——歌 德

我的希望是想确定因为我生活在这个世界上，才使这个世界变得好了一些。

——林 肯

盲人按摩师的风景

【罗 西】

我颈椎有病,常去那家盲人按摩店接受一种推拿服务。那是一对盲人夫妇,都戴着墨镜工作,我总觉得他们很有港星气派。

有一次,男按摩师对一女客说:"你是很漂亮的那位吧?"

女客惊讶地想从床上爬起来:"你怎么知道的?"她以为那先生是个假盲人。在一边忙着的盲人妻子赶紧解释:"他都这样跟人打招呼,跟我说话也这样,不要怕。"我们笑了。

那盲人丈夫很健谈,也很快乐。他说,瞎子有瞎子的好处,因为什么人在他眼里都是美若天仙的。

失去了视觉,双耳就成为他们感知世界的最好渠道了。在他们的家里,挂了三串风铃,据说每一细微气息都逃不过他们的耳朵,甚至一只蚊子穿过风铃,他们都能感觉到微风掠过。

1999年9月19日深夜,风铃突然响起。夫妻俩几乎同时醒过来,门窗都关着,哪来的风?他们预感有地震,左邻右舍还在沉睡的时候,他们在第一时间携扶着下楼,并一路叫醒邻居。10分钟后,震惊世界的9·19台湾大地震果然爆发了……

整座楼的人都围着这对盲人夫妇致谢,而他们则觉得这是理所当然、天经地义的事,因为邻居们也常牵着他们的手过马路……

那风铃,是他们家最美的风景。平常不能目光交接,那么,就用心交流;无法双眸含情,那么,就相互携扶。再说手拉手目标大一些,不容易被马路上的司机所"忽视"。所以彼此携扶对他

二、一个有魔力的字

们而言，是最安全的选择，其实，也是最美好最温暖的选择。这位盲人师傅曾说，他们虽然失去了"看"的世界，但学会并依赖于"抚摸"、"聆听"和"携扶"。

命运是公平的，上帝关闭了你的一扇门，一定会为你开启另外两扇窗。他们看不到风景，但他们一直温暖地生活在风景里。

> 灵魂依靠出神入化的境界养育，正像蝉依靠永养育一样。
> ——法朗士

> 精神生活与肉体生活一样，有呼也有吸：灵魂要吸收另颗灵魂的感情来充实自己，然后以更丰富的感情送回给人家。人与人之间要没有这点美妙的关系，心就没有了生机。
> ——哥尔多尼

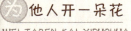

为 他人开一朵花
WEI TAREN KAI YIDUOHUA

做砚与做人

【刘 墉】

今年寒假回台湾时，我去二水拜访了雕砚台的师傅，虽没买下多少砚台，却有了不少感悟。

雕砚师傅家的门口，堆了许多砚石，都是他从溪流里涉水挑选回来的，那些石块，表面看是灰色的，很难让人相信，居然能够刻出紫红、暗绿和深黑色的砚台。

师傅说，石头运回来，一定先要曝晒，因为许多石头在溪流里漂亮，却有难以觉察的裂缝，只有不断地日晒雨淋之后，才能显现，甚至自己就会崩裂。

师傅又说，未经琢磨的石头，因为表面粗糙，不容易看出色彩和纹理，淋上水之后，容易显现，但是水一干，又不见了。只有在切磨打光之后，才能完全而持久地显现。他还说，其实这世上的每一块石头都很美，即使不适合做砚台，也各有特色，耐人赏玩。

我特别要求他，让我自己试着刻一方砚。师傅掏出一把平头的凿刀，又递给我一支锤子。我问，如果这刀锋钝了怎么办。他说就用砚石来磨，因为好的砚石，质细而坚，也是最好的磨刀石。

我小心地由磨墨的砚面雕起。师傅赶紧纠正：不管雕什么砚台，都得先修底。底不平，上面不着力，根本没有办法雕得好。

回程的路上我一直想，砚石何尝不像人，无论表面怎么拙陋，经过琢磨，都会显现美丽的纹理。当然一方好砚，必须用石质细腻，触感好像肌肤，又坚实而耐磨的石头制作。那石块且须经过严格的考验，如同文质彬彬，外表敦和而中心耿介的君子，经过心志与肌肤的劳苦之后，才能承担大任。

二、一个有魔力的字

我也想：从工作中锻炼，正如同在雕砚时磨砚。好的工作，就像好的砚石，不但成就了工作，也精益了工作者。当然，最重要的，是雕砚先修底。多么细致的花纹与藻饰，都要由那基础的地方开始。

虽然修底的工作是最枯燥的。

反躬自省是通向美德的途径。

——瓦 茨

我们每个人只要被赋有一次生命，只要这个生命还活着，我们就要更多、更好地肩负使命。

——武者小路实笃

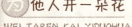

阳光灿烂每一天

【刘念国】

我和弗兰西斯在 Pelham Bay Park 的拐角下了计程车。付钱时,弗兰西斯忽然对那开计程车的黑人小伙子说道:"谢谢你,兄弟,坐你的车舒适极了。"

黑人小伙子愣了,继而皱了皱眉,撇着嘴说:"你在寻我开心?"

"不,兄弟,我不是在寻你开心,真的。我很佩服你刚才在交通混乱时能沉住气,而且,你开车的技术真棒。"弗兰西斯说这话时一脸的真诚。

黑人小伙子笑了,露出满嘴漂亮的白牙:"是吗?谢谢您,先生,愿上帝保佑您!"他边说边朝我们挥手,欲驾车离去。

弗兰西斯也笑了,他从上衣口袋里掏出了一个淡黄色的不干胶衣饰,递给黑人小伙子:"愿上帝同样保佑你。兄弟,贴上这个吧。"

不干胶衣饰上印着阿姆斯特朗灿烂的笑脸——这个隶属于美国邮政自行车队的车手,在被医院确诊患有睾丸癌后,仍一口气夺得了4次环法自行车赛冠军。他的头像下,印着一行字:阳光灿烂每一天。

"老兄,你刚才在干什么?"走出很远后,我仍有些疑惑不解,忍不住问弗兰西斯。

"我想让纽约多点人情味儿,"弗兰西斯答道,"如果有可能,我想让全世界每一天都阳光灿烂。"

"你一个人怎能做到?"我嗤之以鼻。

二、一个有魔力的字

"我也许能够起带头作用——我确信刚才那句赞美能让那个黑人小伙子整日心情愉快。如果他今天还能载30位乘客，他的快乐也许会传递给他们。依此类推，周而复始。怎么样，我这主意不错吧？"弗兰西斯一脸得意的笑。

"我承认你这套理论很中听，但你怎么能肯定那黑人小伙子会照你的想法去做？而且，能有多少实际效果？"

"就算没效果我也没有损失——赞美一个人花不了我几秒钟。他如果不领情，明天我还可以赞美另一个计程车司机……"

弗兰西斯继续阐述着他的观点，我却陷入了沉思。

> 正因为有了心灵纯美的人物，我们才能爱人，才能够体会到人生的美。
> ——武者小路实笃

> 微笑具有一种魅力，它可以点亮天空，可以振作精神，可以改变你周围的气氛，更可以改变你。
> ——乔·吉拉德

小 象 井

【杨 鹏】

小象纳米一觉醒来觉得一切都很不平常：太阳贼毒贼毒，像个大火球似的熊熊燃烧着，烘烤着大地。原野上的草失去了生命的绿色，一片枯黄，蔫蔫地倒在地上。树上的叶子全掉光了。地上的沙子被晒得滚烫得几乎可以将鸡蛋煮熟。它的身上也汗津津的，仿佛刚从河里洗了个澡出来似的。

"轰隆隆……"大地震动起来，像地震。远处黄沙满天，一片喧嚣。许许多多的斑马、瞪羚和角马在原野上狂奔。

"斑马阿姨，你们为什么要走，要去哪里？"纳米眨巴着眼睛问一只带着三个孩子狂奔的斑马。

"小纳米，你难道不知道大干旱正在折磨着我们这片荒漠吗？你瞧，河流都干涸了，草木都枯黄了。我们斑马一天都离不开水。我的小宝宝正是生长发育的时候，更不能断了水。所以我们不得不搬家，去寻找有水源的地方。"斑马阿姨说完就领着孩子们继续奔跑着。原来，是干旱迫使动物们迁移。

动物们的身影渐渐消失在地平线下。轰隆轰隆的声音也越来越小，直到最后听不见了。

荒野又恢复了寂静。只有骄阳在烤灼着大地。

纳米的心里有说不出的寂寞。

干涸的河床里，只剩下脸盆大的一摊水。太阳灼烤着这滩水。水蒸气不停地冒着，水的外沿不断缩小。

狒狒最先发现这一滩水。当时，它沿着河床往下走，希望找到一点水滋润正在冒烟的嗓子。它从早上走到中午，突然，远处有什么像水银似的闪闪发光。它走近一看，哈，是水，一滩被太

二、一个有魔力的字

阳晒得正在冒着水蒸气的水。

"哈哈,太好了,我是真正的找水专家。现在终于找到水了,我要喝个痛快!"狒狒高兴得手舞足蹈,哈哈大笑起来。就在它要大饱水瘾的时候,一只鬣狗冲上来,喊道:"汪汪汪。等一下,你不能喝我的水!"

"凭什么说这是你的水?"狒狒没想到半路里杀出一个程咬金,非常惊讶。

"就凭我的爪子。"鬣狗用爪子将狒狒拍到了一边。

"你太不讲道理了!"狒狒生气地说。它冲上去,同正要喝水的鬣狗扭打起来。它们正打得不可开交的时候,又来了一些动物,它们是狐狸、荒漠猫、獴、艾鼬、狮子……它们为了那滩水大打出手。

谁也没有沾着一点水,但那滩水却因为蒸发而越来越少。脸盆大的那滩水现在只有拳头那么大了。

纳米听见了吵闹和扭打的声音,向河床走来。

"哇塞,又来了一头小象和我们抢水了。"动物们叫苦不迭。

"水,什么水?"纳米莫名其妙。

"就是那滩水啊!……咦,水呢?"大家停止了扭打,朝水望去。

天哪,刚才有水的地方和其他地方一样干涸了,露出龟裂的泥土。

"哇,我们完了,全完了!"动物们全都大哭起来。一边哭一边又厮打起来,把责任都推到别人的头上。

"别打了,我求你们别打了。"纳米弄清了大家争吵和打架的原因后,对大家说。它的心里难过极了,平时大家可不是这个样子的。在往日雨水充足、草木茂盛的日子里,大家都处得像兄弟似的,和和睦睦,相亲相爱。可是,现在,一切都变了……

"纳米,难道你有办法吗?"鬣狗问道。

"这里,就在这里。"纳米用长长的鼻子在地上点了几下。

"哪有啊?"大家睁大了眼睛。地上一滴水都没有,土地和其

为他人开一朵花

他地方一样是干裂的。

"就在下面,我的嗅觉告诉我这下面就是泉水,如果我们挖一口井……"纳米说。但它的话还没有说完,就被其他动物打断了。

"什么,要我们挖井?谁付工钱啊?"

"我才不那么傻呢。挖井多累啊!"

"你骗我们到这来就是为了让我们当苦力啊!"

……

纳米呆住了。它怔怔地望着大家。这就是平时见了面笑眯眯地点头说"有空来坐坐"的动物朋友们么?

纳米用长长的、洁白的象牙一下一下地拱动着像铁一样坚硬的土地。

尽管动物们都说不相信地下有水,但谁都没有离开,也没有谁去帮助小象纳米一下,尽管它的嘴角渗出了血。

太阳更加起劲地烘烤着大地,气温升高到令人难以忍受的地步。这是一天里天气最热和最闷的时候。

泥土终于被拱松了,大汗淋漓的纳米用灵巧的鼻子和粗壮有力的腿把土扒出来。然后,它又用象牙拱着下面依然无比坚硬的土地。血从它的嘴角、鼻子和还不是太粗壮有力的腿部渗出,与汗水一起滴到板结的土地上。许许多多的眼睛在一边观望着,但没有一双手伸出来援助一把。

象牙、长鼻、腿,轮番地在大地上拱着、掏着、踩着……

血和汗,滴到大地上,渗透到大地的深处……

一下,一下,又一下……

终于,大地母亲流泪了,泪水化作清泉从一米多深的坑里涌了出来……

"水,真的是水。"动物们惊呼起来。

在水坑的旁边,小象纳米却沉沉地倒下了,殷红的血,从它的嘴角、鼻孔和被石块划破的腿部流了出来……

"纳米,纳米……"这一次,没有动物扑向那汩汩往外冒的水。它们全扑向了纳米,摇晃着它。

二、一个有魔力的字

但是,纳米再也醒不过来了。

小象纳米打的井救了荒原上大大小小的动物。

当可怕的干旱过去之后,在那口井的旁边,长出了一株金合欢树。

金合欢树的果实酸酸的、甜甜的,吃着果实,看着金合欢树,大家就想起了小象纳米。

这口井在后来的干旱季节里又救了不少动物。大家称这口井为"小象井"。

(注:在干旱的季节里,大象具有能嗅到水源的灵敏的鼻子和打井的本领。)

夜里辉煌的灯光,本是把自己的油耗干了,才把人间照亮。

——莎士比亚

因缺爱而死,那是不堪设想的,——灵魂的窒息症。

——雨 果

一个有魔力的字

【维·奥谢耶娃】

小公园的长凳上,坐着一位个儿不高的白胡子老头儿。他正用阳伞在沙土上画着什么。

"坐开一点。"巴甫立克对他说,接着便在边上坐下来。

老头儿看了一眼小男孩那张气得通红的脸,往旁边挪动了一下说:

"你怎么了?"

"没怎么!你呢?"巴甫立克斜了他一眼。

"我没什么。倒是你现在又喊叫,又流泪,是和谁吵嘴了吧!"

"可不是嘛!"小男孩儿生气地嘟囔着,"我还要马上从家里逃跑呢!"

"逃跑?"

"逃跑!哼,单凭我那个姐姐,我就得逃跑。"巴甫立克握紧两只拳头,"我刚才险些揍她一下子,她有那么多画画儿的颜料,可她连一点儿都不肯给我!"

"不给?不过,为了这就逃跑,太不值得了。"

"不光为这个。奶奶为了一个小小的胡萝卜,竟把我从厨房里赶了出来,简直是把我当成了废物,废物!"

由于委屈,巴甫立克哼哧哼哧地喘起粗气来。

"唉,全是小事!"老头儿说,"一个人欺侮你,总会有另一个人怜悯你的。"

"谁也不怜悯我!"巴甫立克气恼地喊道,"哥哥要去划船,也不带我去。我对他说:'还是带我去的好,反正都一样,你不带我,我也不会落在你后面,我可以把双桨拿走,自己爬上船去!'"

二、一个有魔力的字

巴甫立克开始用拳头敲着长凳，后来，他忽然沉默了。

"哥哥不带你走？也没什么关系。"

"可您为什么总盘问我呢？"

老头儿捋着长长的胡须说：

"我想帮助你呀。世上有这么一个富有魔力的字……"

巴甫立克惊奇地张开了嘴巴。

"我告诉你这个字。但是要记住：当你和人谈话的时候，应当正视着对方的眼睛，用柔和的声音说出它来。要记住：正视着对方的眼睛，用柔和的声音。"

"这是个什么字呢？"

老头儿弯下腰来，嘴巴对准小男孩的耳朵，柔软的胡须紧贴着巴甫立克的面颊。他低声地说了一句什么，又大声地补充道：

"这是一个富有魔力的字。但是，千万别忘了，该怎样说。"

"我去试试看，"巴甫立克半信半疑地微笑着，"我马上去试一试。"

他跳起来，跑回家去。

姐姐正坐在桌旁画画儿——她的面前摆满了各色各样的颜料：绿色的、蓝色的、红色的……

她一看巴甫立克，急忙把颜料归到一堆儿，还用手捂起来。

"老头儿欺骗了我！"巴甫立克懊丧地想，"难道她就这样听那个富有魔力的字吗？"

巴甫立克侧着身子走到姐姐身边，轻轻地拉拉她的袖子。姐姐回过头来，只见弟弟注视着自己的眼睛，用柔和的声音说：

"姐姐，请你给我一点颜料吧。"

顿时，姐姐睁大眼睛。她松开了手指，手也从桌上移开了。她很不好意思，低声含糊地问：

"你要什么样的？"

"我想要点绿色的。"巴甫立克答道。

他把颜料握在手中，在房间里转了一圈儿，就还给了姐姐。

他现在并不需要颜料，而一心想着那个富有魔力的字。

为他人开一朵花

"我到奶奶那儿去,她正好在做饭。看她还赶不赶我走?"

巴甫立克这样想着,就去打开了厨房的门。

老奶奶正在煎香喷喷的油炸包子。

巴甫立克跑到她跟前来,双手摩挲着她红扑扑的布满皱纹的脸,望着她的眼睛,低声说:

"请您给我一只小包子吧!"

奶奶挺起腰来。呵,这个富有魔力的字使她的双眼炯炯闪光,使她脸上的每一条皱纹,都因微笑而舒展开来。

"呵,我亲爱的!你喜欢热乎乎的吧,热乎乎的。"她边说边给他挑了一个最好的、煎得油黄黄的包子。

巴甫立克高兴地跳起来并热烈地亲吻奶奶的双颊。

"魔术师!魔术师!"他想起了老头儿,便自言自语地唠叨起来。

午饭后,巴甫立克安静地坐在一旁,听着哥哥的每一句话。当哥哥说要去划船的时候,巴甫立克把一只手放在哥哥的肩上,低声地请求道:

"请你带我去吧!"

桌旁的人一下子都不做声了。哥哥扬了一下眉毛,带点讽刺意味地笑了笑。

"请你带他一块儿去,"姐姐突然说,"对你来说,这算不得什么!"

"对,为什么不带他去?"奶奶微笑着说,"当然要把他带走。"

"请!"巴甫立克又重复了一遍这个字。

哥哥大声地笑了起来。他温存地拍了拍巴甫立克的肩膀,抚摩着他的头发说:

"当个旅行家?成!好,准备动身吧!"

"呵,是它帮助了我!是它又一次帮助了我!"

巴甫立克一下子跳了起来,跑到街上去了。但是,在小公园里,老头儿已经不见了。长凳空着,仅仅在沙土上留下了老头儿用伞画下的一些看不明白的记号。

二、一个有魔力的字

你不信任我

【戈·格林】

出租车把我载到一座大楼前。

"劳驾,"我对司机说,"别关计价器。我到公司里去去就来,然后我们再朝前开。"

司机不满地皱了皱眉。

"也许,先结账不是更好吗?"他问。

"不不,我还要继续坐您的车呢,"我说,"瞧您,不信任我吗?您想我会溜掉?"

"我什么也没想,"司机说,"什么样的乘客都有嘛,有人会溜,有人不会溜……"

"哎,这就是说,您还是认为我可能会溜……那好!我把我的帽子押在您这儿。"

"您说哪儿去了?"司机生气道,"我要您的帽子干吗?我信任您……您把公文包留下再走。"

"……啊,什么?"我冒火了,"行啊,我把我的公文包留下,只是您要允许我记下您的车牌号码。"

"您这是干吗?" 司机皱起了眉头,"不信任我吗?您想我会开车溜掉?"

"我什么也没想,"我说,"什么样的司机都有嘛,有人喜欢帽子,有人喜欢公文包。"

"啊,说什么呢?"司机说,"那好!把我的车号记下吧:MT-40-20,不过您得先让我看看,公文包里有些什么。"

"这又是干吗?"

"免得过后说不清。"

为他人开一朵花

"看吧,"我没好气地说,"喏,里边有文件、书、电动剃须刀。"

"剃须刀是完好的还是坏的?"

"怎么会坏呢?现在还能用。"

"什么叫'现在'还能用?我可不打算在这儿测试。"

"谁知道您?"我冷笑一声,"您的胡子正好没刮呢。脸有点儿浮肿,眼睛是淡色的,左颊上有颗痣……"

"在记我的外貌吗?"司机凶巴巴地说,"那好,我也不会忘了您!蒜头鼻子圆眼睛,两只耳朵不对称……左边有颗镶牙……"

"好,既然事情发展到了这一步。"我也凶巴巴地说,"干脆就来正式的!这是我的证件:身份证、通行证、结婚证。拿去吧!要知道,您可是在和一个正派人打交道。把您的也给我!"

"给!"他说:"这是我的驾驶证、工会证……"

"户口证有没有?"我问。

"没有。"他答道。

"好,没什么,必要时警察会找到您的。"

"必要时您也会被传唤的……"

"万一出事,您触犯的是刑法第144条!"我声明。

"而您触犯的将是第147条第二款!"他回应道。

我们恶狠狠地直瞪着对方。

"听我说,"我突然改口道,"您不觉得害臊吗?"

"您呢?"

"我为我们两个感到害臊!"我说。

"我也是!"他说着垂下了眼睛,"收回您的证件吧……"

"您也收回您的……"

"请把公文包拿去……"

"谢谢,"我说,"我会把您的车号忘掉的:MT-40-20。"

"让我们都忘了吧。"他说。

我们亲热地相互拍拍肩。

二、一个有魔力的字

"我怎么会把您往坏处想呢?"我觉得奇怪,"您的脸这么讨人喜欢,眼睛是灰色的,脸颊上有颗痣。"

"您也长得很帅,"他说"大眼睛,耳朵干干净净。要注意保护牙齿……"

"我一会儿就回来。"我说。

"去吧,"他说,"您不在我还怪闷的……"

我们相互温和地笑了笑,随后我下了车。

快到入口处时,我发现我的通行证不在了。

"真见鬼!"我想,"就是说他还是扣下了我的通行证以防万一……哼,没什么,他溜不掉的……我也采取了万全之策,我戳破了他的后轮胎……"

> 没有一点相互信任,活着有什么意义。
> ——雨果

> 不幸之人最大的痛苦有三:对厌倦人生的空虚的依恋,心灵中没有绿叶的沙漠,感情尚未开发的荒地。
> ——拜伦

为他人开一朵花
WEI TAREN KAI YIDUOHUA

 ## 清洁天使

【一 冰】

不久前,我到一个城市去拜访老朋友。中午,他开车把我带到很远的一家餐馆去吃饭。这家餐馆并不豪华,也没有什么特色。朋友领着我径直走到临街的一张桌前坐下。他点菜的时候,我透过宽大的玻璃窗观望这座新兴城市的街景。

这里大概是市中心,高楼林立、车水马龙,四处涌动着一股现代文明焦灼的气息,和我到过的每一座城市的市中心一样。但这座城市却出奇地干净,街道规划井然有序,街面十分清洁,我不禁暗暗称奇。

扎啤端上来了,朋友沉静的话语连同清凉的啤酒一起涌进我的心里。"我给你讲个故事吧。"我点点头,我最喜欢听人讲故事了。这时,我看到街边上撑着一把绿色的太阳伞,一个三十多岁的女人静静地坐在里面。我从那里收回了目光。

"两年前的这个时候,我极偶然地走进这家餐馆,也是坐在这个位子上。那天我的心情糟糕透了,只想一醉方休。

"我一边漫不经心地看着街景,一边一杯接一杯地喝着啤酒。这时,我看到一对母女走了过来,年轻的妈妈虽然不是异常美丽,但她那娴雅的气质和幸福的微笑吸引了我——这就是一个母亲的美吧!还有她的小女儿,大约三四岁,穿着一套白纱裙,头上扎两个蝴蝶结,打扮得跟天使一般。她一只手里拿着一支冰淇淋,一只手被妈妈牵着,一蹦一跳地。我真羡慕她们的快乐。

"忽然,她们停下来。原来是女孩把吃完的冰淇淋的包装纸扔在了地上,年轻的妈妈指着包装纸,跟女儿和气地讲着什么。小女孩把包装纸捡了起来。随后,她们开始四处张望,我知道她们

二、一个有魔力的字

是在寻找垃圾箱——你别看现在的垃圾箱这么多，隔几步就一个，但那时候很少很少。

"这时，小女孩指着马路的对面，她发现那儿有个垃圾箱。我想，其实年轻的妈妈早就看到了，但她想能在这边找到，不想让女儿过马路，可是这边没有。我看到她犹豫了一下，然后指着马路对面，想让女儿把包装纸扔到那个垃圾箱里去。

"小女孩拿着包装纸，活蹦乱跳地穿过马路。忽然，一辆小轿车像幽灵一样疾驰过去，随着一阵急促的刹车声，我的心一下子提到了嗓子眼。女孩飞了起来，然后就倒在一片血泊里……"

朋友的眼里盈满了泪水，"有谁能想到，女孩横穿马路，仅仅是想往垃圾箱里扔一张废纸！"

"那——"我用纸巾拭拭眼角，"女孩的妈妈一定很痛苦了。"

朋友的手往窗外一指，"她在那儿——"我揉揉眼睛，顺着朋友手指的方向，又看到了那把太阳伞，那个女人还是保持着原来的姿势一动不动地坐着，痴痴地望着街心。我们坐的位子只能看到她的背影，看不到她的脸。

朋友继续说："女儿死后，她疯了，就在这里捡废纸、捡树叶，然后扔到垃圾箱里去。后来人们都知道了，都不再乱扔垃圾，还帮她捡拾。她捡不到东西了，就坐在那儿。我们这座城市里的人都认识她，市长为她特别安置了椅子和遮阳伞，每天都有人自发地组织起来，照顾她的生活。这里的每一处垃圾箱上都镶嵌了小女孩的照片，这让我们几乎都不忍心往里面放垃圾。我们都很感激她和她的女儿，是她们使我们这座城市干净起来了。"

我默不作声。

朋友说："我们都把她当作天使，她飞翔在这座城市的上空，飞翔在每一个人的心里！"

邻居的狗

【吉米·斯特沃】

大约13岁时,在宾夕法尼亚州印第安纳老家,我有条名叫鲍恩斯的狗。它是条身份不明的野狗,有一天我放学,它就跟我回了家。鲍恩斯像是那种硬毛杂种猎犬,只是皮毛显橘黄色。我们成了亲密的伙伴,我进林子找蘑菇,它在我身旁嬉戏;我做飞机模型,它就倒在我脚边打呼噜。我真是太爱这条狗了。

有一年盛夏,我去参加童子军营。等我回家时,鲍恩斯却没有来迎我。我问母亲怎么回事,她温柔地领着我进了屋:"我十分抱歉,吉姆,鲍恩斯不在了。""它跑了吗?""不是,儿子,它死了。"我简直无法相信。我哽咽着问:"出了什么事?""它给咬死了。""怎么给咬死的?"妈妈目光转向父亲。他清了清嗓子说:"吉姆,博吉弄断了链子,跑过来咬死了鲍恩斯。"我惊得目瞪口呆。博吉是隔壁邻居家的英国狗,平常总是套着链子,拴在他们家后院的铁丝围栏上,那围栏大约100英尺长。

我既伤心又愤怒,那天晚上我辗转反侧。第二天早上,我跑去察看那条狗,期望从它那布满斑点的身上至少能发现一个深长的伤口。可是什么也没有,只见那条敦实的恶犬被拴在一条比原先更粗的链子上。每当我看见可怜的鲍恩斯空荡荡的狗屋,它那再也用不上的毯子,它的食盆,我就禁不住怒火中烧,恨透了那畜生,因为它夺走了我最要好的朋友的生命。

终于有一天早上,我从壁橱里拿出爸爸在圣诞节送我的雷明顿猎枪。我走进我们家后院,爬上苹果树,伏在高处的树干上,我能看见博吉沿着铁丝围栏来回闲逛。我举枪透过瞄准器盯着它,

二、一个有魔力的字

可是每次瞄准准备射击时，树叶就挡住了我的视线。

突然间，树下传来一声轻微短促的惊叫："吉姆，你在树上干什么呢？"妈妈没有等我回答，纱门"砰"的一声关上了，我知道她准是给在五金店的爸爸打电话。过了几分钟，我们家的福特汽车开进了车道。爸爸从车里出来，径直朝苹果树走来。

"吉姆，下来。"他轻声说道。我很不情愿地合上了保险栓，跳在被炎夏毒日晒得发焦的草地上。

第二天早上，爸爸对我说："吉姆，今天放了学，我要你到铺子来一趟。"他比我还了解我自己。

那天下午我拖着懒懒的脚步进了市区，到我爸爸的五金店去，心想他准是要我擦玻璃或是干别的什么活。他从柜台后面出来，领着我进了储藏室。我们慢慢地绕过一桶桶钉子、一捆捆浇花水管和丝网，来到一个角落。我的死敌博吉蜷缩在那儿，被拴在一根柱子上。

"那条狗在这儿，"我爸爸说道，"如果你还想干掉它的话，这是最容易的办法。"他递给我一把短筒猎枪。我疑虑地瞥了他一眼。他点了点头。

我拿起枪，举上肩，黑色枪筒向下瞄准。博吉那双棕色眼睛看着我，高兴地喘着粗气，张开长着獠牙的嘴，吐出粉红的舌头。就在我要扣动扳机的一刹那，千头万绪闪过脑海。爸爸静静地站在一旁，可我的心情却无法平静。涌上心头的是平时爸爸对我的教诲——我们对无助的生命的责任，做人要光明磊落，是非分明。我想起我打碎妈妈最心爱的上菜用的瓷碗后，她还是一如既往地爱我；我还听到别的声音——教区的牧师领着我们做祷告时，祈求上帝宽恕我们如同我们宽容他人那样。

突然间，猎枪变得沉甸甸的，眼前的目标模糊起来。我放下手中的枪，抬头无奈地看着爸爸。他脸上绽出一丝笑容，然后抓住我的肩膀，缓缓地说道："我理解你，儿子。"这时我才明白，他从未想过我会扣扳机。他用机智、深刻的方式让我自己做出决定。我始终没弄清爸爸那天下午是怎么安排博吉出现在五金店的，但

为他人开一朵花

WEI TAREN KAI YIDUOHUA

是我知道他相信我能够做出正确的选择。

我放下枪，感到无比轻松。我跟爸爸跪在地上，帮忙解开博吉。博吉欣喜地蹭着我俩，短尾巴使劲地晃动。

那天晚上我睡了几天来的头一个好觉。第二天早上，我跳下后院的台阶时，看见隔壁的博吉就停了下来。爸爸抚摸着我的头发说道："儿子，看来你已宽恕了它。"

我跑向学校。我发现宽恕令人振奋。

生命太短促，不能用来记仇蓄恨。

——夏洛蒂·勃朗特

纷争不和是人类的大敌，而宽容则是唯一医治它的良药。

——伏尔泰

二、一个有魔力的字

一夜胸针

【柯 玲】

那是一枚菱形的胸针，银色的表面上贴着一些人工制造的亮晶晶的小颗粒。现在想来，它是如此的粗糙和简单，但在十年前，从没有触摸过首饰的我，对于它的感觉可以说是一见钟情。

它是在邻居女孩英子的衣服上出现的，被斜别在英子的外套上。以现在的审美观来判断，英子真是有点儿东施效颦。然而当时，在年仅六岁的我的眼里，她却俨若西子捧心，真是美呀。我一遍又一遍暗自惊叹。玲珑剔透的小"珠宝"衬着玫瑰红的衣色，犹如黎明的露珠流淌在纯净的花瓣中，让我的眼睛深深地痴迷和沉醉了。

"让我戴一会儿吧。"我真想对英子说。但是我始终没有开口。我自卑而倔强的性格决定了我不会那样开口。可是，胸针的光彩和魅力又牵引着我的羡慕和渴望。

这枚小小的胸针，从此便成了唯一能够照亮我笑容的太阳。不过，我也清晰地感觉到，我的笑容后面有一重淡淡的阴影。那阴影到底意味着什么，我并不知道。

一天晚上，妈妈让我去英子家借东西。不知道为什么，英子家的大门半开着，却没人在家。当我转身要走的一刹那，我突然看见英子的外套就挂在院子里的晾衣绳上。

鬼使神差。我一步一步走到外套前，迅速地找到那枚胸针，然后从容不迫地把它摘下，揣进自己的口袋里。真的，我一点儿也没有惊慌，我沉稳地、若无其事地走出了英子家。连我自己都觉得不可思议，这个轻车熟路、老练至极的小偷是我吗？

我没有深问下去，也不敢深问下去。那一刻，我只认识这枚胸针，我已经不认识自己了。

回到家里，所有紧绷的神经方才慢慢地松弛下来。我飞快地吞完晚饭，早早地钻进了被窝。借着昏黄的灯光，我小心翼翼地把胸针戴在了内衣上，想细细地欣赏一下。可是，我还没来得及好好地看一眼，就听见有脚步声，接着卧室的门被推开了，脚步声更近了，终于在我的床前停了下来。

我双眸紧闭。

"你不舒服吗？"妈妈问。

"没有啊。"我假装惺忪地睁开眼。

"我总觉得你好像不太对劲。"

"没有啊！"我的手压住胸针，仿佛它会生出翅膀，展现在妈妈的眼帘中。

妈妈的手探到了我的额头上。

"你干什么呀？妈。"我口气微烦，"我真的很好。"

妈妈疑惑着，终于走了。聆听着自己怦怦的心跳声，我终于明白自己做了一件多么愚蠢的事。不错，这枚胸针现在已经属于我了，但是，它也就此改变了以往幸福的命运。因为只要它植根在我黯淡的手掌中，它就丧失了在众目睽睽之下绚丽的权利。只要它陪着我，它就只能呆在黑漆漆的被窝里，或者呆在最里面的内衣上，再或者呆在只有我一个人的阳光下。

它已经失去了一枚胸针的意义，变成了一块压在我心头的巨石。对我来说，与其说它是一件美丽的首饰，不如说它更像是一种煎熬的刑具。

我虐待了这枚胸针，也作践了我自己。我用精神的折磨和良知的痛苦来获取对这枚胸针的占有，实在是用金丸打雀——何止是得不偿失？

鬼使神差。我又一次想起了这个词。其实世界上从来就没有鬼，如果说有鬼，那鬼在很大程度上就意味着人们自己的私欲。同样，世界上从来也没有神。如果说有神，那神在很大程度上也

二、一个有魔力的字

只能是人们在私欲上对自己的清剿和拯救。

第二天一早,我悄悄地把胸针塞进了英子家的大门缝里。之后,我支起耳朵敏感了好几天,直到确信无人揪住我的这个"小尾巴",才慢慢地恢复了常态。

也许是这件事情对我的影响太深了,从那以后,我对首饰的感觉一直很淡远。因为我明白:一件首饰无论多么珍稀,多么昂贵,它永远都只是一件首饰,它永远都不应当也没有资格取代一个人心田的宁静和灵魂的平安。

一切道德的行为都伴随着内心的满足;一切罪恶的行为都伴随着懊恼。

——狄德罗

在衣着上你可以不修边幅,但切不可让灵魂沾染上污点。

——马克·吐温

报　偿

【丹·克拉克】

多年以前，在荷兰一个小渔村里，一个勇敢的少年以自己的实际行动使全世界的人们懂得了无私奉献的报偿。

由于全村的人们都以打鱼为生，而海面上瞬息万变，危机四伏，因此为了应对突发海难，自愿紧急救援队的建立就显得十分的重要和必要。

那是一个漆黑的夜晚，海面上乌云翻滚，狂风怒吼，巨浪掀翻了一条渔船，船员的生命危在旦夕。他们发出了SOS的求救信号。救援队的船长听到了警报，火速召集自愿紧急救援队的成员，乘着划艇，冲入了汹涌的海浪中。忧心忡忡的村民们都聚集在海边，翘首眺望着云谲波诡的海面，他们每人都举着一柄提灯，为救援队照亮返回的路。

一个小时之后，救援队的划艇终于冲破浓雾，乘风破浪，向岸边驶来。村民们喜出望外，欢呼着跑上前去迎接。他们精疲力竭地跑到海滩后，却听到自愿救援队的队长宣布：由于救援船容量的限制，无法搭载所有遇险的人，无奈只得留下其中的一个人；否则救援船就会翻覆，那样所有的人都活不了了。

刚才还欢欣鼓舞的人们顿时安静下来，才落下的心又悬到了嗓子眼儿，人们又陷入了慌乱与不安之中。这时，救援队长开始组织另一队自愿救援者前去搭救那个最后留下来的人。16岁的汉斯自告奋勇地报了名。他的母亲忙抓住了他的胳膊，用颤抖的声音说："汉斯，你不要去，你知道，10年前，你的父亲就是在海难中丧生的，而3个星期前你的哥哥保罗也出了海，可是到现在连一点消息也没有。孩子，你现在是我唯一的依靠了！求求你千

二、一个有魔力的字

万不要去！"

看着母亲那日见憔悴的面容和近乎乞求的眼神，汉斯心头一酸，泪水在眼中直打转，但是他强忍住没让它流下来。"妈妈，我必须去！"他坚定地答道，"妈妈，你想想，如果我们每个人都说'我不能去，让别人去吧'，那情况将会怎样呢？妈妈，您就让我去吧，这是我的责任。只要有人要求救援，我们就得竭尽全力地去履行我们的义务。"汉斯张开双臂，紧紧地拥吻了一下他的母亲，然后义无反顾地登上了救援队的划艇，冲入无边无际的黑暗之中。

10分钟过去了，20分钟过去了……一小时过去了。这一个小时，对忧心忡忡的汉斯的母亲来说，真是太漫长了。终于，救援船再次冲破迷雾，出现在人们的视野中。只见汉斯正站在船头向岸上眺望。救援队长把手拢成喇叭状，向汉斯高声喊道："汉斯，你找到留下来的那个人了吗？"

汉斯高兴地大声回答："我们找到他了，队长。请您告诉我妈妈，他就是我的哥哥——保罗！"

要给人好处，决不自居为希望收获利息的债主，而要把好处整个的送人。

——罗曼·罗兰

医生为什么迟到了

【奚翎光】

"我是一名医生,"凡·艾斯克解释说,"我要赶往医院为一个病危者动手术。"

"闭嘴!"这个黑衣人凶狠地说,"继续往前开!"

当车子开出镇子一英里后,黑衣人命令医生停车,滚下去,然后他自己开车上路了。凡·艾斯克医生站在风雨中愤懑而无奈地望着车子急驶远去。

一个半小时之后,凡·艾斯克医生才找到一部电话,叫了一辆出租车,匆匆赶到火车站。可是一问,下一班开往格兰富尔的火车要到12点钟才开,凡·艾斯克医生只好继续等待。

当凡·艾斯克医生赶到格兰富尔的医院时已是凌晨2点,海顿医生正在焦急地等他,但不明白他为什么迟到了。

"我已尽了最大努力。"凡·艾斯克医生说,"因为我在路上被打劫,被劫去了车,只得又等火车……"

"你这样做已经尽心了。"海顿医生说,"孩子在一小时前已经死亡。"

两位医生边说边走到医院手术室的门旁,那里坐着一个身穿黑旧大衣的人,他已经听见他俩的全部谈话,他的头发蓬乱的脑袋深深埋在双手中。

海顿医生对这个黑衣人说:"库尼海姆先生,这位是凡·艾斯克医生。他是一位外科专家,特意从阿尔巴奈特赶来,试图救活你的儿子,可是……"

黑衣人抬不起头,浑身微微颤抖,传出一阵阵压抑的哽咽声。他是否领悟到一位先哲讲过的一句名言——以害人始,必将以害己终?

二、一个有魔力的字

难忘亨利先生

【王 亿】

我的美国房东亨利先生是一个很独特的人，不仅中国人这样认为，美国人也这样认为。

他很富有，又很贫穷；他很慷慨，又很吝啬。

他拥有一幢价值36万美元的两层花园洋房，十几万美元的股票，2万美元的汽车。退休前的他是电子工程师，收入很高。退休后他每月拿退休金，还时不时地赚些外快。他无子无女，独身一人。所有这一切都显示他是一个富有的美国中产阶级人士。

但是，让我们来看一下他的生活：大多数食物都是超级市场的降价食品；新鲜橙汁舍不得买，只买听装浓缩橙汁，回来兑水；面包也舍不得买，自己在家做；一日三餐简单得让人觉得难以下咽：两三片面包，有时涂点花生酱，几片生菜叶，外加一杯牛奶。有时加一只烤土豆。我从没见他做过鱼、肉、鸡、鸭等荤菜。

他是个守财奴吗？住了一段时间后，我才知道，他每年都大量捐款给各种慈善机构，并且赞助过很多中国留学生完成学业。

由于我在香港工作的时候就认识亨利先生，到达美国时他便到机场接我，并以很便宜的租金让我住在他家。除了我以外，他家还住有6名中国留学生。亨利先生的家成了"中国之家"，他逢人总是自豪地说我们都是他的孩子。

到达美国的第二天，他邀我出门散步，我欣然应允了。没想到，他一出门，就开始捡起了垃圾。路边的废纸屑、果皮、饮料杯，他都一一捡起扔进垃圾桶里。别人家的报纸散落在地，他去捡起整理好，放在门前。有时一些废纸、果皮正好在肮脏的水坑里，他也毫不在乎地捡起扔进垃圾桶。

为他人开一朵花
WEI TAREN KAI YIDUOHUA

跟他走了一段后，我从惊讶到犹豫再到脸红。我为自己的虚荣心感到脸红。于是，我也袖口一卷，加入了捡垃圾的行列。而实际上，路人的脸上并没有不屑，而是写着理解和尊重。

亨利先生看见地上有一个易拉罐，他一脚踩扁，捡起放进口袋，并且得意地说："可以卖几分钱呢！"看见地上有一枚一分硬币，马上又捡起来，像个孩子似的唱起了他童年时代的儿歌："Finders,Keepers;Losers,Weepers（谁捡到，谁收起；谁丢了，谁哭泣）!"一脸天真烂漫的笑容。

这是我在美国最难忘的一件事，那首歌也是我在美国最难忘的一首儿歌。

后来，我才知道，每个周末上午出门捡垃圾是亨利先生的例行公事。他在为街区做好事的同时，也时不时地抱回一些"战利品"，有时是一只烘烤箱，有时是一台计算器。他会用他那双巧手把它们修好，给我们用。

于是，只要我有空，每个周末上午都会和亨利先生一起出门捡垃圾，我们美其名曰"出门散步"。

这是我在中国从未有过的感觉和体验。我把我的一切虚荣心都抛进了垃圾箱。我懂得，劳动光荣，奉献光荣。

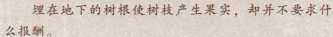

埋在地下的树根使树枝产生果实，却并不要求什么报酬。

——泰戈尔

三、一滴水映射大世界

SAN YIDISHUI YINGSHE DASHIJIE

一串红璎珞 / 永　星

忍耐与宽容 / 松下幸之助

体面的人 / 尼科德特

传下去 / 肯尼士·戴维斯

两块钱的"敲门砖" / 马　田

书 / 刘湛秋

美术课和鸡蛋 / 杨红樱

捅马蜂窝 / 冯骥才

旧课本 / 刘烨园

德国人走在钟表上 / 张大为

请把试卷认真读完 / 金　名

一串红璎珞

【永 星】

那是19年前的事儿了。

那年我7岁。在一个赤日炎炎的午后,外祖母急于帮外祖父铡草,便把她脖颈上戴着的那串红璎珞摘下,放在堂屋里高高的木桌上,风风火火地出去了。红璎珞是外祖母当年的陪嫁物,是她唯一一件首饰。外祖母显然把它看成了生命的一部分,总是形影不离地戴在身上。只是后来有几次做农活,这串红璎珞差点儿遗失,此后,每做重活时外祖母便会小心翼翼地把它从脖颈上取下来,放好。

红璎珞共由5颗殷红如血的玉石穿成,颗颗光洁圆润、玲珑剔透。对这红璎珞,我觊觎已久。此时,它正无比真实地躺在那张紫檀木桌上,闪烁着光芒。我幼小的心灵躁动起来。于是,我搬来板凳爬上去,毫不犹豫地用小刀将那根纤纤细线划断,取下那串红璎珞上的两粒。然后一个人跑到村口那棵大榕树下,把那两粒玉米粒儿似的红璎珞当作玻璃球来弹着玩。

整个下午是快乐而兴奋的。直到太阳落山,我才意犹未尽地从地上爬起来,捏着那两枚已滚成泥球的红璎珞回家。

回到家里,外祖父和外祖母正一脸严肃地分坐在那张方桌左右。尤其是外祖母,脸上的泪痕犹存,仿佛刚刚哭过。他们严肃的表情告诉我,我闯祸了。我下意识地将握着红璎珞的手攥紧,背向身后。

"你有没有动过桌上的那串红璎珞?"尽管外祖父竭力克制自己,话语里还是渗透着一丝怒气。

我内心一阵惶恐,使劲咽了口唾沫,轻声说:"没,我没

三、一滴水映射大世界

拿。"

"孩子,你要是拿了也不要紧,"外祖母的语调有些低沉,显得很疲惫,"但你一定要说实话,谁也不会喜欢说谎的孩子。"

我不敢正视她如炬的目光,忙垂下头:"我真的没动过它。"

外祖父勃然大怒,刚要发作,外祖母制止了他。她深深地叹了口气说:"好了,孩子,回去睡觉吧,要记住外祖母的话,一定要做个诚实的孩子,说谎的人是要被瞧不起的……"

外祖母的话一直在我脑际盘旋。接下来的几天里我寝食难安,心怀忐忑。我后悔自己当时没有勇敢地承认错误,以至于每当在口袋里触碰到那两粒红璎珞时,心便隐隐作痛。我想告诉她是我偷了红璎珞,但又怕招致训斥;我也曾试图将这些统统忘掉,可努力了许久,才发现我根本做不到。最后,我干脆把它们埋进了屋后的土坑里,以换取内心的平静,但它们依然顽强地在我脑海里挥之不去……

我从此成了一个心事重重郁郁寡欢的孩子。这些当然躲不过外祖母的眼睛。同样是在一个午后,外祖母出人意料地将那串残缺的红璎珞从脖颈上摘下来,笑吟吟地说:"我要去干活,你先替我保存一会儿,好吗?"我脑海里一片空白,茫然无措地将它捧在手里。

等外祖母在我视野里消失时,一个念头迅速闪过脑海。我拿起小铲,没命地跑向屋后将埋进土里的那两粒红璎珞挖了出来,然后放在水里濯洗干净,将它俩和它们的伙伴们重串到一起。红璎珞重又焕发灿烂光芒。等我踩着板凳,如释重负地将那串红璎珞放在紫檀木桌上时,我感觉悬在心头的一块石头终于落了地。

外祖母回来后,仔细端详了桌上的那串红璎珞,眼睛眯成了一条缝儿。她只说了一句话,却让我终生难忘:"一个诚实的人其实是需要勇气的,孩子,谢谢你替我保存了它。"

我终于从那段因谎言而惶惑不安的阴影里走了出来,重新找回了快乐……

直到好多年后,我才想起,外祖母当年交给我那串红璎珞其

为他人开一朵花

实是冒了一定风险而且是用心良苦的,而我终究没有让她失望。如今,外祖母早已作古,那串陪她度过一生风雨的红璎珞也已随她的骨灰一起入葬。站在她的坟前,我总是情不自禁地泪雨滂沱。因为19年前的那个夏日,外祖母已经赐给了我一串让我受益终生的红璎珞:要想获取心灵上的平静,就一定要做一个诚实正直的人。

诚实是每个人颈项上的红璎珞,它不一定能让你的人生辉煌,却能让你的人格永远光彩照人。

说真话是一种义务,而且这对他们也是更有利的。

——德谟克利特

都不会太迟——开始永远没有太迟,快乐也永远没有太迟。

——简·方达

三、一滴水映射大世界

忍耐与宽容

【松下幸之助】

你爱吃鱼，我爱吃肉，虽然嗜好各有不同，但缘分安排我们一桌共食，我们也都吃到了自己喜欢的东西，这很好。

如果我们能承认品质各有差异的客观存在，便会对彼此的差异感到快乐。你有你的思考方式，我有我的思考方式，若是我们都能互相学习，彼此宽容，就能一团和气。

无论彼此有何不同，你我都各有长处与缺点，如果我们能学习别人的长处，赞美别人的长处，努力改正自身的缺点，含蓄地指出别人的缺点，即可共同提高水平。不必去批评责难，也不必互相排斥，更不用怀疑别人。能做到此境界者，才是真正的君子。砂糖是甜的，精盐是咸的。它们是味道的两极，互为正反，如果想要使食物尝起来是甜的，只要加点糖就可以了。然而事实上若我们再加入些盐，反而更能增强砂糖的甜度与味道。这是因为调和了互为正反的两种味道而产生的一种新鲜滋味，这正是造物主绝妙的安排。

事物都有对立，都有正反。有对立的关系，我们才能感受到自己的存在，才能体会得出那种类似砂糖里加入了盐的滋味。所以，与其苦思如何去排除那些挥之不去的东西，还不如苦思如何去接纳、调和它们。如此，必能产生新的天赐美味，而康庄大道也就在我们面前展开了。

一般人往往认为人与人之间的关系，可以凭自己的意志来促成或断绝。但事实并非如此，人与人之间的关系，并不是个人的"意志"或"希望"所能左右的，而是由一种超越个人的意志或希望的力量来决定的。

为他人开一朵花
WEI TAREN KAI YIDUOHUA

　　明白了这个道理,就应该珍惜自己的人际关系,心中常怀感激之情,在任何不平或不满之前,先以谦虚的态度想到彼此的缘分,然后还必须以喜悦的心情、热忱的态度对待对方。如果每个人都能这样,必然可以产生坚强无比的力量,使社会由黑暗变为光明。

　　人与人相互依靠而生活,而从事工作。这世界上各类人都有,因此,唯有养成忍耐与宽容的品性,才能适应这个社会。

好习惯是一个人在社交场中所能穿着的最佳服饰。

——苏格拉底

要留心,即使当你独自一个人时,也不要说坏话或做坏事,而要学得在你自己面前比在别人面前更知耻。

——德谟克利特

三、一滴水映射大世界

体面的人

【尼科德特】

在一条光线黯淡的过道上,海曼打开了自己刚刚拾到的钱包。钱包里装着面值20和100美元的钞票,总共10000美元!没有主人的名片,没有任何信件或便条。总之,没有任何可以联系到失主的线索。

海曼清楚地知道在这种情况下应当怎么做,因为每个警察局都有一个失物招领处。

但是,一个钟头以前,海曼刚刚从银行取出他的全部存款,那是他失业前积攒的,一共是167美元30美分。除了这笔钱,他一无所有了。

海曼想,要是有了10000美元,他就可以成为一个小型修车厂的合伙人。他可以拼命干活,过一段时间,他就可以连本带息地偿还这笔钱。海曼决定暂不去警察局失物招领处,先尽可能地利用这笔钱。

海曼兴致勃勃地走进一家服装店。再出来的时候,已是一个满面春风、衣着体面的海曼。他再也不是失业者的寒酸模样了。这身行头花了131美元。他没有去动那些拾到的钱。剩下的钱足够用来吃一顿像样的午饭,然后,他衣兜里揣着10000美元,走向新的生活。

海曼想起以前常和朋友斯特莱去一家名叫托雷桑尼的餐厅,他发现他就要去那里就餐。不知道斯特莱是不是仍去托雷桑尼餐厅?海曼想以现在的这副模样去见一见那个拒绝给他提供帮助的朋友,让他看看没有他的帮助,他也没有饿死。

他推开那扇大玻璃门走进托雷桑尼餐厅,一眼就看见斯特莱

为他人开一朵花
WEI TAREN KAI YIDUOHUA

像往常那样正坐在最里面的一张桌旁。

海曼在走过斯特莱的桌旁时彬彬有礼地跟他打了个招呼,然后挑了一张比较远的桌子坐下,点了一桌丰盛的午餐。

斯特莱惊奇地看着海曼,最后,终于忍不住站起来,径直走到海曼身边说:"见到你真高兴!看来你混得不错呀!"海曼友好而又矜持地回答斯特莱的问候,然后请他坐下来一块儿喝一杯。斯特莱得知海曼如今是一家大公司的销售主任,而且,几个月来,他的生意做得很顺手。

"现在你有什么打算?"斯特莱问。

"我想休息一阵儿。我很想念这个城市,就回来看看。我想,说不定这里能找到什么值得做的贸易项目。无论如何,能休整几个星期也不坏。"

斯特莱听了马上说他公司的一个代办处正缺一个负责人。他说:"你明白吗,亲爱的,我需要一个像你这样体面而又办事果断且有商业头脑的人。我早就想聘用你,可一直没有机会。如果现在你能到我的公司来,我将感到非常荣幸。"

海曼知道自己的衣兜里揣着10000美元,所以对斯特莱的建议比较冷淡,只说这件事以后再说。

……

一个钟头以后,一张聘用合同已经装进了海曼的口袋。也就是说,从下个月起,他每星期将有850美元的薪金。海曼付了饭费,出了餐厅,立刻钻进了一辆出租车,吩咐司机:"去警察局失物招领处!"

在警察局里,他受到充满敬意的接待。一个人在大街上拾到10000美元而把它们交到警察局,这种事可不是每天都能遇上的。

"请您稍等。"值班警察说了一声便进了隔壁房间。不一会儿,他陪着一个警官出来。警官听他讲完拾钱的经过后,诙谐地说:"您没有试图去花那些钱,算您走运。您知道,这笔钱是从银行里提出来去救被绑架的孩子布恩斯的。所有钞票的号码

三、一滴水映射大世界

都已发往全国的商业单位。您要是去用那些钱，就会马上被捕。很难有人相信您的钱是在大街上拾到的，您甚至可能因此被送上电椅。现在，谁也不会怀疑您了，因为，您保住了自己的体面。"

节制使快乐增加并使享受加强。

——德谟克利特

积极勤奋的努力和不计成败的洒脱是成功的两翼。

——罗曼·罗兰

传下去

【肯尼士·戴维斯】

我和太太及两岁大的女儿，单独被困在俄勒冈州红河谷的露营地。那地方远离尘世，冰天雪地。我们的车子出了故障，动弹不得。我们原本是要庆祝我完成第二年的主治医师训练课程一事的，不过现在我刚刚接受的医学训练却没办法用来对付出了故障的旅行车。

这已经是20年前的往事，但在我脑海中，这件事仍像记忆中的俄勒冈蓝天一般清晰如昨。当时我刚醒来，摸索着打开电灯开关，却发现自己仍陷在一片黑暗里。我试着发动车子，没有反应。我爬出旅行车，忍不住开始咒骂起来，幸而车外滔滔的白浪掩盖了我的咒骂声。

我和太太讨论后认为：我们的车子一定是电池没电了；既然我的腿要比我的修车技术可靠，我便决定徒步到好几英里外的高速公路上求救，她和女儿则待在车里。

两个小时后，我跛着扭伤的脚抵达了高速公路，拦下了一辆载运木头的大卡车。那卡车带我所到的加油站已经关门了，幸好那里还有个公用电话和一本破旧的电话簿，我拨电话给下一个镇上（大约20英里外）唯一的一家汽车修理公司。

鲍伯接了电话，听我说明了我的困境。

"没问题，"他说，我把地点告诉了他，"星期天我通常休息，不过我大概半小时后可以到那里。"听见他要来，我松了一口气，但我又担心他会狮子大开口，到时候不知要向我收多少钱。

鲍伯开着闪闪发光的红色拖车很快抵达，我们一起开着车回到营地。我跑下拖车转过身时，才十分惊讶地发现，鲍伯必须靠

三、一滴水映射大世界

夹板和拐杖的支撑才能下车,他的下半身根本就完全瘫痪了。

他拄着拐杖走向我们的旅行车,我脑海中再度浮出一堆数字,不知他这次善行要花我多少钱。

"哦,只是电池没电罢了!只要充一下电,你们就可以自由上路了。"鲍伯把电池拿去充电,利用中间的空当,他还变魔术逗我女儿,甚至从耳朵中掏出一个两毛五的铜板给她。

他把接电的电线放回拖车上时,我过去问他该付出多少钱。

"哦,不用了。"他答,我愣在那里。

"我该付你钱的!"我坚持。

"不用,"他又说了一次,"在越南的时候,有人曾帮我脱离了比这更糟的险境——当时我两条腿都断了,但那个人只叫我把那份情传下去,所以你一毛钱都不欠我的;只要记着,有机会的时候,要把这份情传下去。"

我又回到忙碌的医学院办公室。我时常要在这里训练医学院的学生。一个从别的州学校来的二年级学生辛蒂到我这里来实习一个月,经常和她母亲一起住一段时间,她母亲就住在医院附近。我们刚刚一起探望过一个因酗酒吸毒而入院的病人,正在护理站讨论可能采取的疗法,忽然间,我注意到她的眼中满是泪水。

"你不喜欢讨论这类事情吗?"我问。

"不是,"辛蒂啜泣着,"只不过那个病人可能是我的母亲,她也有同样的问题。"

午餐时我们单独躲在会议室内,探讨辛蒂的母亲长期酗酒的悲惨历史。辛蒂一把鼻涕一把眼泪,很痛苦地掏心掏肺,把她家里过去几年的愤怒与仇恨说给我听。我请辛蒂带她母亲来治疗,这燃起了她的希望。我们还安排她母亲去见一位训练有素的心理顾问。辛蒂的母亲在其家人的强力劝说下,总算同意接受治疗。入院几个星期后,她整个人焕然一新,彻底改变了。辛蒂的家庭原本在濒临破碎的边缘,但在这之后,他们第一次见到了希望的曙光。

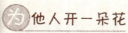

"我该如何报答你?"辛蒂问。

我想起被困在雪地里的那辆旅行车,以及那位下半身瘫痪的好心人,我知道自己只有一个答案可以回答:"就把这份情传下去吧!"

习惯形成性格,性格决定命运。

——约·凯恩斯

教养是有教养的人的第二个太阳。

——赫拉克利特

三、一滴水映射大世界

两块钱的"敲门砖"

【马　田】

　　一位刚毕业的女大学生到一家公司应聘财务会计工作,面试时即遭到拒绝,因为她太年轻,公司需要的是有丰富工作经验的资深会计人员。女大学生却没有气馁,一再坚持。她对主考官说:"请再给我一次机会,让我参加完笔试。"主考官拗不过她,答应了她的请求。结果,她通过了笔试,由人事经理亲自复试。

　　人事经理对这位女大学生颇有好感,因为她的笔试成绩最好,不过,女孩的话让经理有些失望,她说自己没工作过,唯一的经验是在学校掌管过学生会财务。找一个没有工作经验的人做财务会计不是他们的预期,经理决定收兵:"今天就到这里,如有消息我会打电话通知你。"

　　女孩从座位上站起来,向经理点点头,从口袋里掏出两块钱双手递给经理:"不管是否录取,请都给我打个电话。"经理从未见过这种情况,竟一下子呆住了。不过他很快回过神来,问:"你怎么知道我不给没有录用的人打电话?""你刚才说有消息就打,那言下之意就是没录取就不打了。"

　　经理对这个年轻女孩产生了浓厚的兴趣,问:"如果你没被录用,我打电话,你想知道些什么呢?""请告诉我,在什么地方不能达到你们的要求,我在哪方面不够好,我好改进。""那两块钱……"女孩微笑道:"给没有被录用的人打电话不属于公司的正常开支,所以由我付电话费,请你一定打。"经理也微笑道:"请你把两块钱收回,我不会打电话了,我现在就通知你,你被录用了。"

为他人开一朵花
WEI TAREN KAI YIDUOHUA

就这样，女孩用两块钱敲开了机遇大门。细想起来，其实道理很清楚：一开始便被拒绝，女孩仍要求参加笔试，说明她有坚毅的品格，财务是十分繁杂的工作，没有足够的耐心和毅力是不可能做好的。她能坦言自己没有工作经验，显示了一种诚信，这对搞财务工作尤为重要。即使不被录取，也希望能得到别人的评价，说明她有直面不足的勇气和敢于承担责任的上进心；员工不可能把每项工作都做得十分完美，我们可以接受失误，却不能接受员工自满不前。女孩自掏电话费，反映出她公私分明的良好品德，这更是财务工作不可缺少的。

两块钱折射出良好的素质和高尚的人品。而人品和素质有时比资历和经验更为重要。

任何本领都没有比良好的品格与态度更易受人欢迎，更易谋得高尚的职位。

——培　根

三、一滴水映射大世界

书

【刘湛秋】

书是我的一只美丽的小船。

在人生的海洋里，它载着我，驶向许多奇妙的港口、岛屿，甚至是险峻的礁岩。

无论在丽日还是有风的天气里，我和它一起，在碧波或恶浪中行进。仿佛有只看不见的手，指点着那些海市蜃楼一样的风光和人物；仿佛有个神奇的嘴，发出船底和波浪日夜荡出的水声，不停地和你讲生活中的哲理，幻想各种各样的现实。

这是一只不会沉的船，风浪不会把它吞没，大火也不能把它烧光；这是一只不知疲倦的船，它一直航行下去，不寻求任何栖息的港湾。

在这只船上，我变得越来越清醒，我也变得越来越充实，而且和它一样，祈求更远更险的航行。

读书使人充实，思考使人深邃，交谈使人清醒。

——富兰克林

美术课和鸡蛋

【杨红樱】

已数不清上过多少次美术课了,安琪儿就是记不住美术老师姓什么。她在美术练习本上写的是"余"老师,同学们都说她写错了,是"佘"老师。安琪儿又没学过这个字,就是学会了也记不住。好在美术老师的样子很容易让人记住,长着一对鼓鼓的金鱼眼睛,安琪儿就叫他"鱼眼睛老师"。当然,安琪儿只是在没人的时候叫叫而已,自己听得见,别人听不见。偶尔也会当着巴浪叫,但她不会当着路曼曼叫。因为巴浪听见了,很快会忘记;路曼曼听见了,不仅不会忘记,还会到班主任秦老师那里去告状。

安琪儿记不住美术老师姓什么,还记不住美术老师在美术课上,到底教了些什么,好像一直在教他们画鸡蛋。

"你们知道不知道达·芬奇?"

美术老师抬起下巴,做了一个得意的停顿。他希望他们没人知道,这样,他好给他们讲讲达·芬奇。

猿猴毛超偏偏把手举起来了。美术老师微微皱了下眉头,把头扭向一边,装作没看见。

"老师老师,我知道达·芬奇。"

猿猴毛超拼命地向前倾着身子,几乎都快把课桌掀倒了。他那骨瘦如柴的手,已经伸到美术老师的眼皮子底下了。没办法,美术老师只好请猿猴毛超来说说达·芬奇。

美术老师并没有请猿猴毛超上台来讲,可是他一蹦一跳就上了讲台,伸伸细脖子,叽里呱啦讲起来。

猿猴毛超讲得很详细,也很全面,所以他讲得上气不接下气。大家知道了达·芬奇是意大利的大画家,知道他小时候画了许多许

三、一滴水映射大世界

多鸡蛋,知道他最有名的一幅画是《蒙娜丽莎的微笑》。完了,猿猴毛超问大家:"你们见过蒙娜丽莎的微笑没有?"

大家都摇头。

猿猴毛超的目光在全班每一个人的脸上搜寻起来,他盯住了安琪儿。

"看,蒙娜丽莎就是像安琪儿那样笑的。"

于是,全班四十几个人的目光,刷地集中在安琪儿的脸上。安琪儿却什么都不知道,因为她这时候没有听猿猴毛超在讲什么。她在想:达·芬奇为什么要画那么多的鸡蛋?如果她画很多很多的鸡蛋,也能当个大画家吗?想着想着,她就笑了,正好被猿猴毛超看见。

不过,安琪儿的笑,真的有点傻,所以巴浪就大叫起来:"蒙娜丽莎的笑就这样子啊?"

全班哄堂大笑。

美术老师差一点就笑了,但他没有笑。看得出来,他是拼命地忍住才没有笑的。

安琪儿不知道大家在笑什么。她无比神往地从座位上站起来,突然大声说道:"等我长大了,我一定要到意大利去见见达·芬奇。"

这一次,连美术老师也真的笑了,他实在忍不住。

"安琪儿同学,你恐怕永远也见不到达·芬奇了。"

"为什么?"

"因为达·芬奇早就去世了。"

"太遗憾了!"

安琪儿摇着头坐下来。"太遗憾了"是她爸爸的一句口头禅,她经常都想说"太遗憾了",可是一直找不到机会,今天算是用对了地方。

一堂课被猿猴毛超和安琪儿搅得乱七八糟,把美术老师的头都搅昏了,这课是上不下去了。他灵机一动,提了一个问题:"你们知道不知道,达·芬奇为什么能成为一个大画家?"

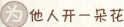

为他人开一朵花

全班四十几只手都举起来。顽皮的巴浪根本不等美术老师请他,就抢着回答:"因为他小时候画了很多很多的鸡蛋。"

"那么——"美术老师一步步引导道,"你们想不想当大画家?"

"想!"

全班异口同声,而且把声音拖得老长老长。

"好!"美术老师把黑板刷子往桌子上一拍,"现在,你们就开始画鸡蛋。"

"画几个?"

"越多越好。但是要每一个都画得不一样。"

于是,大家就开始画鸡蛋。

画两个可以不一样,画三个也可以不一样,画到四个五个以上,就很难画得不一样了。结果,就出现了许多奇形怪状的奇蛋、怪蛋。

突然有一天,教室里出现了许多长得怪模怪样的鸡来。有的长着三只眼,有的长着蛇头,有的是歪脖子,还有的身上没有毛……吓得女生们一阵一阵地尖叫。

安琪儿吓得躲在她的课桌下面。桌子下面有一只没有脚的小鸡,可怜巴巴地望着安琪儿。

"你……你怎么会是这个样子的?"

没有脚的小鸡说:"我是你画的蛋孵出来的小鸡。"

安琪儿想起来了,她是画过一只像半圆的蛋。原来这样的蛋孵出来的小鸡,是没有脚的。

三、一滴水映射大世界

捅马蜂窝

【冯骥才】

爷爷的后院很小，它除去堆放杂物，很少人去，里边的花木从不修剪，快长疯了；枝叶纠缠，阴影深浓，却是鸟儿、蝶儿、虫儿们生存和嬉戏的一片乐土，也是我儿时的乐园。我喜欢从那爬满青苔的湿漉漉的大树干上，取下又轻又薄的蝉衣，从土里挖出筷子粗肥大的蚯蚓，把团团飞舞的小蟲虫驱赶到蜘蛛网上去。那沉甸甸压弯枝条的海棠果，个个都比市场买来的大。这里，最壮观的要属爷爷窗檐下的马蜂窝了，好像倒垂的一只大莲蓬，无数金黄色的马蜂爬进爬出，飞来飞去，不知忙些什么。大概总有百十只之多，以致爷爷不敢开窗子，怕它们中间哪个冒失鬼一头闯进屋来。

"真该死，屋子连透透气儿也不能，哪天请人来把这马蜂窝捅下来！"奶奶总为这个马蜂窝生气。

"不行，要蜇死人的！"爷爷说。

"怎么不行？头上蒙块布，拿竹竿一捅就下来。"奶奶反驳道。

"捅不得，捅不得。"爷爷连连摇手。

我站在一旁，心里却涌出一种捅马蜂窝的强烈渴望。那多有趣！当我给这个淘气的欲望鼓动得难以抑制时，就找来妹妹，趁着爷爷午睡的当儿，悄悄溜到从走廊通往后院的小门口。我脱下褂子蒙住头顶，用扣上衣扣儿的前襟遮盖下半张脸，只露一双眼。又把两根竹竿接绑起来，作为捣毁马蜂窝的武器。我和妹妹约定好，她躲在门里，把住关口，待我捅下马蜂窝，赶紧开门放我进去，然后把门关住。

为他人开一朵花

妹妹躲在门缝后边,眼瞧我这非凡而冒险的行动。我开始有些迟疑,最后还是好奇战胜了胆怯。当我的竿头触到蜂窝的一刹那,好像听到爷爷在屋内呼叫,但我已经顾不得别的。一些受惊的马蜂轰地飞起来,我赶紧用竿头顶住蜂窝使劲摇撼两下,只听嗵的一声,一个沉甸甸的东西掉下来,跟着一团黄色的飞虫腾空而起。我扔掉竿子往小门那边跑,谁料到妹妹害怕,把门在里边插上。她跑了,将我关在门外。我一回头,只见一只马蜂径直而凶猛地朝我扑来,好像一架燃料耗尽、决心相撞的战斗机。这复仇者不顾一切而拼死的气势使我惊呆了。我抬手想挡住脸,只觉眉心被针扎似的剧烈地一疼,挨蜇了!我捂着脸大叫。不知道谁开门把我拖进屋。

当夜,我发了高烧。眉心处肿起一个枣大的疙瘩,自己都能用眼瞧见。家里人轮番用了醋、酒、黄酱、万金油和凉手巾把儿,也没能使我那肿包迅速消下去。转天请来医生,打针吃药,七八天后才渐渐复愈。我生病也没有过这么长时间,以致消肿后的几天里不敢到那通向后院的小走廊上去,生怕那些马蜂还守在小门口等着我。

过了些天,惊恐稍定,我去爷爷的屋子,他不在,隔窗看见他站在当院里,摆手召唤我去,我大着胆子去了。爷爷手指窗根处叫我看,原来是我捅掉的那个蜂窝,却一只马蜂也不见了,好像一只丢弃的干枯的大莲蓬头。爷爷又指了指我的脚下——一只马蜂!我惊吓得差点叫起来,慌忙跳开。

"怕什么,它早死了!"爷爷说。

仔细瞧,噢,原来是死的。仰面朝天躺在地上,几只黑蚂蚁在它身上爬来爬去。

爷爷说:

"这就是蜇你的那只马蜂。马蜂就是这样,你不惹它,它不蜇你。它要是蜇了你,自己也就死了。"

"那它干吗还要蜇我呢,它不就完了吗?"

"你毁了它的家,它当然不肯饶你。它要拼命的!"爷爷说。

三、一滴水映射大世界

我听了心里暗暗吃惊。一只小虫竟有这样的激情和勇气。低头再瞧瞧这只马蜂，微风吹着它，轻轻颤动，好似活了一般。我不禁想起那天它朝我猛扑过来时那副视死如归的架势，与毁坏它们生活的人拼出一死，真像一个英雄……我面对这壮烈牺牲的小飞虫的尸体，似乎有种罪孽感沉重地压在我心上。

那一窝马蜂呢，无家可归的一群呢，它们还会不会回来重建家园？我甚至想用胶水把这只空空的蜂窝粘上去。

这一年，我经常站在爷爷的后院里，始终没有等来一只马蜂。

转年开春，有两只马蜂飞到爷爷的窗檐下，落到被晒暖了的木窗框上，然后还在去年的旧窝的残迹上爬了一阵子，跟着飞去而不再来。空空又是一年。

第三年，风和日丽之时，爷爷忽叫我抬头看，隔着窗玻璃看见窗檐下几只赤黄色的马蜂忙来忙去。在这中间，我忽然看到，一个小巧的、银灰色的第一间蜂窝已经筑成了。

于是，我和爷爷面对面开颜而笑，笑得十分舒心。我不由得暗暗告诉自己：再不做一件伤害旁人的事。

会成为什么样的人，全看重复做什么样的事。

——亚里士多德

旧 课 本

【刘烨园】

听说澳大利亚中小学的课本竟然是"公用"的,这是我在给孩子办留学签证的时候知道的。

当时正值澳大利亚的暑假,以曾多年从事教育的经验,为了"不打无准备之仗",让孩子先有一份感性的了解与预习,我给一位老友打电话,向他借一套他在澳大利亚读高中的儿子上学期用过的各种课本。在我的意料中,这本是轻而易举的事,结果却落空了。电话那头说,澳大利亚的课本是不属于学生自己的。按当地的法规,课本必须一届一届传承,直到不能再用为止。

即使某些内容过时了,也只能多几张修订的"活页",而"活页"也要届届相传。朋友的儿子上学期用的就是不知传了多少届的课本,且早就按规定在放假前交还学校了……

记得当时通完电话,我不由得深深感慨:人家真是"环保",真是富而知俭,且措施得力啊。而这在中国,就很难办到吗?

一年之后,孩子也从澳大利亚回国度假了。无意间,在他的书桌上,我亲眼见到了他带回来预习的一本厚厚的下学期的物理课本。冬天的阳光从窗口斜照在它的身上——蓝色的封面,A4的纸型,精美、考究的全彩色印刷,三百余页的厚重……都仿佛在鲜活的光束里有着生命,令人油然而生一种莫名的亲切感、尊重感。

随手翻翻,更令人诧异:除了蓝色封面上有着某些沧桑旧迹之外,整个课本的内页竟几乎是簇新的——这怎么可能呢?那些

三、一滴水映射大世界

一届又一届使用它的，不都是身心活跃、好动好玩的中学生吗？那儿的上课不是"自由""随意"得更像一个集市吗？其教学的要求、学生的用功和竞争的激烈，不是也与中国如出一辙吗？如此的过程，怎么能不损坏课本、学习与爱惜二者兼得呢？是什么使他们能够保持、又怎样保持簇新的呢？这可是多少个日日夜夜的翻阅啊，哪怕只有一次的疏忽……然而，事实就是这样确凿地存在着，就像是在刻意地证实一些我们习以为常、视而不见的"必然"其实远非必然似的。

于是不由得怀着疑惑，不时观察预习功课的孩子了——他也变了。在国内养成的那些理所当然、大大咧咧、对课本命运绝不在乎的学习动作，这时就成了保持手的干净，然后再轻轻地、小心翻动书页的"自然"过程，就像所有的人对自己珍惜的物品都呵护有加一样——原来有些事不是做不到的啊，只是你如何意识又如何实践罢了！而多年的积习，也不是不能改变的——仅仅一年，一个孩子十几年的"习惯成自然"，不就成了另一种"自然"了吗？

且还不仅如此。文学与曾经从事教育的职业性思考还告诉我：课本的"公用"和"世袭"，其实还有更为丰富的含金储藏。它给予人的教益，就像一个古老的仪式在维系一个民族的文化一样，既凝聚又辐射，生生不息。

比方说吧，它能借此从小培养对法规的尊重与自觉；它本身就是诚信而美好的校园文明；它能成就人人为我，我为人人的品质；它能使人珍惜自然，也珍惜自己的工作与别人的劳动，进而珍惜生活，提高人的素质；它还能在身心活跃、好玩好动的天性里，同时训练人生的理性，即天性是不该也不能"越位"去做诸如损坏课本之类的错事的……

细节的力量有时是不可估量的。虽然点点滴滴，但正是它们积蓄了生活和历史的进步与错误。

德国人走在钟表上

【张大为】

在德国，让我最感慨的就是德国人的时间观念。他们遵守时间的精准程度，好像他们是钟表上的指针一样。

在汉诺威参加一家德国著名公司的新闻发布会，公司总裁第一句就说：会议要开一个小时。我出于好奇，计算了一下时间，总裁一人就讲了20分钟。我心想，八个负责人呢，别说一个小时，就是两个小时也不够呀。可往下接着掐表，每个人都恰好讲5分钟。全部发完言，正好一个小时！

这是大公司的领导，那一般德国人呢？同一个展览会期间，有一天，我在吃早餐的路上碰见一个50多岁的德国人，我和他打招呼说："你真早啊？"没想到他一本正经地回答："不早了，我7点30分起床，用20分钟做体操，10分钟洗漱，早餐吃了15分钟，现在用15分钟走到会场，8点30分正好能进去。"我听得惊讶极了，就故意问："那你为何不再早点儿进场呢？"他耸耸肩，说："他们定的8点30分才让进场，我只好根据这个时间来安排了。"在听完这番话后，我平生第一次计算了一下我吃早餐得用多少时间。

在我的印象中，每个德国人都是一个时间的齿轮，他们都在按照同一个时间转动，相互之间的咬合可谓丝丝入扣。最典型的例子就是在火车站接人。我在法兰克福火车站曾目睹了这样一幕：一位出站的客人刚走到便道旁放下手提袋，马路上飞驰的车流中便有一辆奔驰车正好拐上便道停在他身边。两人握手、上车，整个接站过程不过8秒钟。德国的车站前一般不会停着很多等人的汽车，站前大街上也极少因为接人的车多而堵塞。

三、一滴水映射大世界

我有一个叫韩海的朋友，在中国呆到30岁才移民德国。我没有想到他的时间观念很快就进步到和德国人一样了。我第一次去德国，从巴黎坐火车到慕尼黑。他从300公里外开车赶来接我，居然和火车一样准点。他给我定下的在德国的行程，细到了几点到哪儿，在哪儿吃早饭，路上走多长时间，在哪儿玩几小时，而且用的计时单位是"分钟"。按照这张时间表，我们跑了3000多公里，足迹遍布德国南部，直到准时登上回巴黎的火车。

我想，正是这种精确的时间观念造就了德国的高效。尤其让我受触动的是：中国人生活在德国，就能和德国人一样走在钟表上。

真是橘生在淮南为橘，生在淮北为枳啊！

由智慧养成的习惯，能成为第二天性。
——培 根

请把试卷认真读完

【金 名】

某大公司要招聘一名总经理助理,广告刊登后,应聘材料像雪片一样飞来。经过认真挑选,50个人有幸被通知笔试。

考试那天,在临时的考场——公司会议室里,众考生个个踌躇满志,胸有成竹,都显出志在必得的信心。很快,考试就开始了,考官把试卷发给每一位考生,只见试卷上题目是这样的:

综合测试题(限时3分钟)

1. 请把试卷认真读完;
2. 请在试卷的左上角,写上尊姓大名;
3. 在你的姓名下面写上汉语拼音;
4. 请写出五种动物的名称;
5. 请写出五种植物的名称;
6. 请写出五种水果的名称;
7. 请写出五座中国城市;
8. 请写出五座外国城市;
9. 请写出五位中国科学家姓名;
10. 请写出五位外国科学家姓名;
11. 请举出五本中国古典名著;
12. 请举出五本外国文学名著;
13. 请写出五个成语;
14. 请写出五句歇后语;
……

不少考生匆匆扫了扫试卷,马上就拿起笔,沙沙沙地在试卷上写了起来,考场上的空气都因紧张而有些凝固。

三、一滴水映射大世界

一分钟……两分钟……三分钟，时间很快就到了，除了有两三个人在规定时间三分钟之内交卷外，其他人都还忙着在试卷上答写。考官宣布考试结果，未按时交的试卷，一律作废，考场上像炸开了锅，未交卷的考生纷纷抱怨："时间这么短，题目又那么多，怎么可能按时交卷呢？""对！题目又很偏！"

只见考官面带微笑："很遗憾！虽然各位不能进入敝公司的下一轮考试，但不妨都把自己手上的试卷带走，做个纪念。再认真看看，或许会对你们今后有所帮助。"说完，他很有礼貌地告辞了。

听完考官的话，不少人拿起手中的试卷继续往下看，只见后面的题目是这样的：

……

19. 请写出五个"认真"的同义词；
20. 如果你已经看完了题目，请只做第2题。

> 一个实业家应该像制造机器的技师一样冷静严格。如果想真正干出一项事业来，那就势必连每一颗最小的螺丝钉的摩擦力也得计算到。
>
> ——高尔基

四、美好的声誉
SI MEIHAO DE SHENGYU

美好的声誉 / 比尔·盖瑟

撒谎之灾 / 孙云晓

一个关于诚信的异域故事 / 刘 勇

纽扣 / 内海隆一郎

信任也是一种约束 / 黄晓南

诺言 / 一 冰

皮棉帽引发的声誉危机 / 黄 乾

一诺千金 / 秦文君

美好的声誉

【比尔·盖瑟】

  一天下午，本吉和我一起在院子里工作。这正是大学的暑假期间，是我儿子前途未卜的时候，我真想向他说些什么。

  休息时，本吉环视着我那15英亩的土地，有溪流，有树林，还有如碧波起伏的青草地。"这地方真美。"他说，显出深思和迷恋。

  于是，我就将这片土地的来历告诉了本吉。

  我们的第一个孩子苏姗娜出生不久，格洛丽亚和我在我长大的那个镇上教书。我们很需要一块土地来建造房子。我注意到在镇南面农民放牧牛群的那片土地，那是92岁的退休银行家尤尔先生的土地。他有许多土地，但一块也不卖。他总是说："我已对农夫们许诺，让他们在这片土地上放牧牛群。"

  尽管如此，格洛丽亚和我还是到银行拜访了他。他仍旧在银行里消磨退休的岁月。我们走过一扇森严可畏的桃花芯木制的门，进入一间光线暗淡的办公室。尤尔先生坐在一张办公桌后面，看着《华尔街日报》。他几乎没有挪动一下，只从他那副眼镜上方看着我们。"不卖，"当我告诉他我们对这块土地感兴趣时他自豪地说，"我已经将这块土地许诺给一个农民放牧了。"

  "我知道，"我有点紧张不安地回答，"但是我们在这里教书，也许你会卖给打算在这里定居的人。"他撅起嘴，瞪着眼看着我们，"你说你叫什么名字？"

  "盖瑟，比尔·盖瑟。"

  "嗯！和格罗费·盖瑟有什么亲戚关系吗？"

  "是的，先生，他是我的爷爷。"

四、美好的声誉

尤尔先生放下报纸,摘下眼镜,然后他指着两把椅子,于是我们就坐下来,"格罗费·盖瑟是我农场里曾经有过的最好的工人。"他说,"他到得早,走得晚,他把所有要干的事都干了,用不着吩咐。"老人探身向前,"如果有拖拉机要修理,让它搁着,他觉得不好受。"尤尔先生眯缝着眼,眼神中流露出遥远隐约的记忆,"你说你要什么,盖瑟?"

我又将买地的意思对他说了一遍。

"我想一想,你们过两天再来。"

一周后我又到他的办公室。尤尔先生说,他已经考虑过了。我屏住气息。"3800美元怎么样?"他问。以每亩3800美元计,那我要付出约6万美元,这不明摆着是拒绝吗?"3800美元?"我喉咙里仿佛梗塞着什么。"不错,15英亩卖3800美元。"我无限感激地接受了。

将近30年后,我和本吉漫步在这片美丽的土地上,"本吉,"我说,"这全都因为一个你从未见到过的人的美好的声誉。"

在爷爷的丧礼中,许多人对我说,爷爷宽容、慈祥、诚实和正直。这使我记起了一首诗:"我们要选择的,是美好的声誉,而不是财富;是爱的恩泽,而不是金银财宝。"美好的声誉就是爷爷盖瑟留给我们的遗产。我希望本吉将来在这片温柔的土地上散步时,也将这个故事告诉他的儿子。

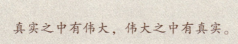

真实之中有伟大,伟大之中有真实。

——雨 果

撒谎之灾

【孙云晓】

诚实守信是人的立身之本,是全部道德的基础。一个言而无信的人,是不堪为伍的;一个言而无信的民族,是自甘堕落的。据著名社会学家郑也夫先生考证,《论语》中"信"一共出现了38次,高于"善"、"义"、"勇"、"耻"、"诚"等。

诚信的习惯具体包括以下内容:

A.遵守诺言、说话算数的习惯;

B.实事求是的习惯;

C.真诚待人接物的习惯;

D.守时的习惯等。

有一位中国留学生在英国读硕士。小伙子在实验室里成绩非凡,很受赏识。一天,导师说:"××先生,明天我要外出开会,您能一个人在实验室工作吗?"小伙子连连点头。

第二天,导师走了,小伙子拼命打公费的国际长途电话。月底结账时,导师发现电话费很高,一核对恰好是她外出那一天电话费最高。她问中国学生:"那一天是您一个人在实验室工作吗?"小伙子点头。导师又问:"那么,您打国际长途电话了吗?"

"没有。"小伙子一口否认。导师什么话也没说,内心却非常愤怒,第二天宣布辞退了这位中国留学生。也许,有些人不把撒谎当回事,可在许多国家是难以容忍欺骗的,更不肯与撒谎者共事。

坦率地说,中华民族诚实守信的传统正受到严重挑战。儿童说谎的一个重要原因,就是成年人的不良影响,或让孩子因说真话而受惩罚,或自己就常常说谎。实际上,谎言是灾难的导火索。

四、美好的声誉

有这样一个故事：1946年7月4日，德国法西斯已经灭亡了一年零两个月。这一天，离华沙170公里的凯尔采市几百名群情激愤的市民冲上街头，见犹太人就打、就捉，有的犹太人被捉到帕兰蒂大街7号的一幢房子里被活活打死。这场肆无忌惮的屠杀从早上10时持续到下午4时，有42人被杀害，其中2人是因被误认为是犹太人而被打死的。

说来令人难以置信，这次屠杀竟是由于小孩说谎而引起的。赫里安，波兰一个鞋匠的孩子，当时他和父母从20公里外的乡村搬到凯尔采市，住了才几个星期，对城里的生活很不习惯。7月1日，他偷偷搭车回到乡村小朋友之中，3天后他又溜回城里。

见儿子回来，父亲拿起鞭子就揍他："你这顽皮鬼，这几天跑到哪儿去了？是不是给犹太人拐去了？"孩子见爸爸凶神恶煞，害怕了，于是顺水推舟地"承认"了这几天是被犹太人拐去了，还谎称犹太人把他拐到帕兰蒂大街7号的一个地窖里虐待他。

第二天上午，愤怒的父亲到警察局去报案。在回家的路上，很多路人好奇地问了父子俩发生了什么事，父子俩绘声绘色地说赫里安被犹太人拐去折腾了几天。当时，虽然二战已结束了，但德国法西斯的排犹思潮阴云未散。几个群众听信了谎言，异常愤怒，声言要对犹太人报复，而捏造的"事实"在几个小时内一传十，十传百，越传越走样（甚至传说赫里安被犹太人杀害了）。于是酿成了这一天对犹太人的屠杀惨剧。

如今赫里安已经是个老人了，但每当他回想起这段历史，就有一种负罪感。帕兰蒂大街7号这幢房子如今已重新修葺，改为纪念馆。

一个关于诚信的异域故事

【刘 勇】

在纽约的河边公园里矗立着"南北战争阵亡纪念碑",每年都有许多游人来到碑前祭奠亡灵。美国第十八届总统、南北战争时期担任北方军统帅的格兰特将军的陵墓,坐落在公园的北部。陵墓高大雄伟、庄严简朴。陵墓后方,是一大片碧绿的草坪,一直绵延到公园的边界、陡峭的悬崖边上。

格兰特将军的陵墓后边,更靠近悬崖边的地方,还有一座小孩子的陵墓。那是一座极小极普通的墓,在任何其他地方,你都可能会忽略它的存在。它和绝大多数美国人的陵墓一样,只有一块小小的墓碑。在墓碑和旁边的一块木牌上,却记载着一个感人至深的关于诚信的故事:

故事发生在两百多年以前的1797年。这一年,这片土地的小主人才五岁的时候,不慎从这里的悬崖上坠落身亡。其父伤心欲绝,将他埋葬于此,并修建了这样一个小小的陵墓,以作纪念。数年后,家道衰落,老主人不得不将这片土地转让。出于对儿子的爱心,他对今后的土地主人提出了一个奇特的要求,他要求新主人把孩子的陵墓作为一部分,永远不要毁坏它。新主人答应了,并把这个条件写进了契约。这样,孩子的陵墓就保留了下来。

沧海桑田,一百年过去了。这片土地不知道辗转卖过了多少次,也不知道换过了多少个主人,孩子的名字早已被世人忘却,但孩子的陵墓仍然还在那里。它依据一个又一个的买卖契约,被完整无损地保存下来。到了1879年,这片风水宝地被选中作为格兰特将军的陵园。政府成了这块地的主人。无名孩子的墓,在政府手中依然被完整地保留下来,成了格兰特将军陵墓的邻居。一

四、美好的声誉

个伟大的历史缔造者之墓，和一个无名孩童毗邻而居，这可能是世界上独一无二的奇观。

又一个一百年以后，1997年的时候，为了缅怀格兰特将军，当时的纽约市长朱利安尼来到这里。那时，刚好是格兰特将军陵墓建立一百周年，也是小孩去世两百周年的时间，朱利安尼市长亲自撰写了这个动人的故事，并把它刻在木牌上，立在无名小孩陵墓的旁边，让这个关于诚信的故事世世代代流传下去……

> 诚无不动者，修身则身正，治事则事理。
> ——杨　时

> 君子养心莫善于诚。
> ——荀　子

纽 扣

【内海隆一郎】

在路边有个无人售货亭。杉田把自家种的萝卜、小油菜、胡萝卜等蔬菜摆在约有半张席大小的货架上。

蔬菜一袋从一百元到二百元不等,买菜的人把硬币投到用铁丝吊着的空罐头盒里即可。

到无人售货亭来买菜的多为农田前面小区或对面公寓里的人。因为这里的蔬菜比站前超市便宜得多,所以每天摆出的蔬菜从来没剩过。

"嗨,又有一个。"

黄昏时,杉田从铁皮盒往外倒硬币时说。他的手指闪着一个比百元硬币大一圈的黑色圆形纽扣。这颗纽扣好像用黑色贝壳做的,中间有呈井字状的4个穿线孔。放在明亮处,纽扣闪着美丽的光泽。

"真不像话,用纽扣代替钱。"

这一个月以来,已经发现了3个同样的纽扣。虽然没什么用处,但扔掉可惜,所以他用胶带纸黏在墙上。这是第4颗。

在此以前,发生过几次拿走菜不给钱的事。杉田贴了张纸条,上写"拿菜不付钱就是小偷"!从那以后,就再没有丢过菜。

"肯定是看错了。"

杉田生气地想。

用纽扣来换精心种养的蔬菜不合道理。

"准是那个老太太。"

他眼前浮现出在田里干活时经常看到的那个老太太。她清瘦,高大,有点驼背,拄着手杖,摇摇晃晃地走着。从那走路的姿态,

四、美好的声誉

可以看出,她以前是个风姿绰约的女人。

可是,只要她来买土豆、胡萝卜,钱盒里肯定有纽扣。

"她是怎么想的,难道以为纽扣是百元硬币?"

话虽然这样说,但总不能在她往钱盒里投纽扣的刹那间把她抓住。

"也许她真把这纽扣当成了百元硬币。"

杉田看着那纽扣,突然想起了十几年前死去的母亲。

妈妈在处理旧衣服和衬衫时,总要把扣子剪下来。各种各样的扣子装了整整一点心盒。

也许这个老太太把扣子盒误认为贮钱箱了!

当杉田平静下来时,许久不见的女儿回来了。

"嗨,这是怎么了?"

女儿兴致勃勃地指着墙上的扣子说。

女儿从设计专科学校毕业后结婚,现在一家室内装修店打工。

杉田阴沉着脸把事情讲了一遍,女儿两眼闪光。

"给我吧。"

"这是卖菜的钱,一个相当一百元。"

"我给你四百元。"

"什么?扣子值那么多吗?"

"这是用黑蝶贝做的纽扣。雕工也好。原来肯定是用在高级礼服上的。"

"这么贵重?"

"现在买,一个的价钱就吓你一跳,这样高级的扣子,可以卖……"

杉田边听边想起那个老太太走路的姿态。

信任也是一种约束

【黄晓南】

周末到洛杉矶的全美连锁商场——"价格俱乐部"给女儿买书。根据7岁的女儿在电话中向我所做的简单描述，我挑了3大本估计她可能会喜欢的儿童故事书，就去交钱。

与往常一样，划完信用卡，从收款的墨西哥裔小姐手中接过机器打印出来的纸条，不多看一眼，就龙飞凤舞地签上自己的大名，抱起书就走人。可能因为出口处顾客太多，看票验货的白人小姐只是象征性地向我怀抱中的书瞄了一眼，就在我的收据上飞快地画一道表示"验讫、放行"的彩线，道一声"祝你度过愉快的一天"，便又去招呼下一个顾客。

出了大门，刚走到停车场，我下意识地瞟了一眼手中的收据，发现总数居然是40多美元，再细看，原来是多算了一本书的钱。损失10美元，我转身要去"理论"一番。身旁刚从国内来美国不久的小张却显得比我"深思熟虑"，她说："你已出了门，他们会承认吗？"是啊，以我们惯常的思维逻辑来推理，我又怎能证明我不是买了4本书，出了大门后私下里藏了一本，然后再去找人家商场退钱呢？当然同来的两位小张可以为我作证，可天知道人家会不会说他们是我的"同谋"呢？不管怎样，我飞快在心里准备了一大堆说辞，准备找商场的"领导"，至少是经理一级的主管投诉一番，即使退钱不成，也得证明自己不是无理取闹。

然而，我所准备的大堆说辞居然一句也没能用上，门口看票验货的小姐在百忙中只看了一眼我的收据和书，就隔着人群向收银台方向大喊一声："4号柜台，账算错了，退钱。"然后向我道歉，让我到柜台退钱。

四、美好的声誉

因为是机器划卡和电脑计算,退钱要比收钱复杂点儿,得经过两道手续。但每经过一道手续,工作人员都为因此给我带来不便而诚恳地向我道歉。在整个事情的过程中,他们压根儿就没有去怀疑我所担心而又无法证明的事。从商场出来,心情远比退回10元钱舒坦,其原因是在心理的天平上得到了人人所需要的基本心理砝码——信任。

当然美国这个社会有很多不好的东西,但撒谎在美国人看来是最要不得的恶习,犹如我们中国人看待偷盗一样,为人所不齿。正因如此,美国人不轻易怀疑别人撒谎,正如我们中国人不轻易怀疑他人偷盗一样。所以,一般来说,你说什么,人家就信,除非有规定须出示证明。

一天傍晚,我开车到迪斯尼乐园接人。在迪斯尼停车场入口处,守门的白人小伙子把停车卡夹在我的车窗上,说:"晚上好,7美元停车费。"

我一边掏钱,一边说:"其实我只是来接人的。"

他一听马上就说:"OK,你不需要付钱。"说着,就给我换了一张免费停车卡。

其实傍晚到迪斯尼来玩的大有人在,他凭什么就那么轻易地相信我是来接人的呢?这种"轻信"的程度让人担心是管理上的一个漏洞。但当把我的"担心"拿出来与美国邻居路易讨论时,他却笑着说:"他们不会相信有人会为了7美元的停车费去撒谎的。"

仔细想想,路易也许是对的。美国是个提倡"信用"的社会,无论是在日常生活中,还是经济活动中都离不开信用。申请家用电话、管道煤气、电、水、租房等等,都需要个人信用。公司贷款、贸易资金往来等,更要资信担保。但所有的信用表现都会永远记载在每个人的社会保险号底下。人的名字可以更改,但个人的社会保险号却是从一而终。一旦发现作假或诈骗,个人信用就彻底砸锅。到那时,在生活和事业中便会处处遇见"欲渡黄河冰塞川,将登太行雪满山"的窘境。正因如此,人人把个人信用看

为他人开一朵花

得高于一切。

记得1994年我在加拿大渥太华的卡尔顿大学做访问学者时，夏天到纽约旅游。那天特意去参观仰慕已久的大都会博物馆。门口售票处的牌子上明码标价成人票价——16美元；学生票价——8美元。

尽管我很清楚，美国人指的学生，不仅仅是在美国学习的学生，而且是来自世界上任何一个国家的学生，但我实在吃不准自己算不算学生。访问学者平时也与研究生一起听课。可以说是学生，但又没有像学生一样交学费，也没有学生证。我有心省下8美元，可又怕售票员要我出示学生证。万一弄得让人家怀疑咱撒谎，既丢"人格"，又失"国格"。

踌躇良久，我想了个两全之策。我向售票小姐递出16美元，同时对她说："我是从加拿大来的学生，如果……"我的下半句话是："如果访问学者也能够算学生的话。"

可她还没等我把话说完，就面带微笑地问："几个人？"

"一个。"我回答说。

她很快递给我一个做通行证用的徽标和找回的8美元，并微笑着说："祝你在这里度过愉快的一天。"全然没有顾及我一脑门子的"思想斗争"。

的确，那天我的心情一直很愉快，不仅仅是因为欣赏了大都会博物馆精美的艺术和省下了8美元。

有了这种愉快的经历后，心里就时时想着珍惜它，就像一旦得到别人的尊重，就会加倍自重自爱一样。

事隔6年，去年夏天我带妻子和女儿参观纽约大都会博物馆。门票价格依然如故，但我的身份已不再是当年的访问学者，而是挣工资的驻美记者。尽管我和我妻子从外表来看要充当学生仍绰绰有余，但出于对"信任"的珍惜，也为了自重自爱，我毫不犹豫地买了两个成人一个儿童的门票。尽管多花了16美元，但心情与上次一样愉快，因为我没有辜负别人的信任。

从此，我在心中形成了一种固执的想法：信任也是一种约束。

四、美好的声誉

诺　言

【一冰】

这位朋友姓能，他父母给他取了"能干"这个名字。那时我很小，喜欢通宵达旦地看夜场电影，能干就是那时呼朋引伴认识的。

那次我们一起看完电影后第三天早上，我还在床上睡懒觉，能干就来了。我很意外，我们见面很尴尬，一方面因为我们都不善交际，一方面我们还很陌生。我家里人多，我和能干相对无语地干坐着，那情景挺像第一次见面的青年男女，可我们是两个"半大"的男人。

坐了好久，他突然站起来要走，我还傻坐着，一副没睡醒的样子，母亲督促我送客。我就随能干出了门，没走出几步，他回过头来，低声对我说："你……能不能……借点钱给我？"然后他说："我一定会还你的，请你相信我！"

我一听这话就蒙了，因为我那时候没有一分钱的收入。他一见我的样子，又轻轻地说："没有就算了，我走了。"然后他转身走了。我回到家里，母亲问我能干是谁，我照直说了，没想到母亲马上从口袋里拿出五块钱递给我说："你快给他送去吧，说不定他要买啥东西呢！"我对母亲对我的支持喜不自禁，马上抓过了钱，三步并做两步追上能干，把钱给了他。

五块钱，我成了一个债主。

那时的五块钱对我来说是一笔不小的数目，所以我一直耿耿于怀，很期待能干能很快还给我。过了几天，我到同学家去玩，同学忽然对我说："忘了告诉你，能干喜欢找人借钱，借了就不还。"我一听，后悔不迭地说："你怎么不早说，我已经借给他

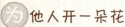

了。"同学一副幸灾乐祸的样子:"那算你倒霉!"

五块钱真的使我心疼了好多天。我的母亲很严厉,我以前就是花一块钱都要向她详细"报账",我怕她追查,好在她居然也没再问起。

以后又见过能干几次,他当然不会还我钱,我这人爱面子,也不会直接找他要。不知不觉间,又过了一些年。再后来我远走异地求学,也就将这事淡忘了。

在能干这个人差不多就要彻底地从我的记忆里消失的时候,他却意外地闯进了我的家门。我开门一看,面前是一个富商模样的人。他说他是能干,使我一下子想起了十几年前的往事。他进屋后我们热情地聊起来,这同他那次借钱的场面形成了强烈的反差。最后他拿出他的公文包,从里面掏出一个作业本,他翻给我看,我大吃一惊,那是他那时向别人借钱的账本:上面密密麻麻地记着某年某月某日借谁多少钱,字迹虽然歪歪扭扭,但清清楚楚,上面也有我的名字。

能干望着我,认真地说:"我今天是来还钱的。"我笑说:"开什么玩笑,不就五块钱吗?而且那么多年了……"

"不!我当时借钱时就说过一定会还的!"能干坚决地说。然后他递过来一个漂亮的信封,信封上印着几个烫金的大字:"深深的感谢!永远的感谢!"信封里面是五十几块钱,他说是照这些年来的最高利息支付的。

他把信封放在我的手里,说:"请你一定收下!不然我会一生不安的。"晚上,能干请我吃饭,我听到了这个奇怪的人的更多故事:能干三岁时,母亲就病故了,他父亲又为他娶了个继母。他饱受了后妈的折磨,父亲因此也常跟后妈争吵。后来,后妈得了一种怪病,为治病花光了家里的钱。小小年纪的能干卖冰棍、捡破烂、借钱为后妈治病。那些年,他忍受着羞辱和鄙视,一次次找人借钱,一直到后妈病故,他就到南方去打工。他历尽艰辛抱定了一个信念:要把借别人的每一分钱都还给别人!

四、美好的声誉

我听着他的诉说,眼前泪光迷蒙。能干使我受到了深深的震撼,同时也让我懂得,爱的重要成分就是付出!

质朴却比巧妙的言词更能打动我的心。

——莎士比亚

真诚才是人生最高的美德。

——乔叟

为他人开一朵花
WEI TAREN KAI YIDUOHUA

皮棉帽引发的声誉危机

【黄 乾】

瑞士的冬天太冷了,寒气几乎呛得人喘不过气来。他希望在圣诞节到来之前,能在这里找一间房子,开一家专门销售中国五金产品的商店。

"喂,你好,孩子。请问你是日本人吗?"忽然,身后一位老者叫住了他。

他停下脚步,转过身去。老人一脸银须,头上戴着一顶样式古怪的皮棉帽,样子很和蔼。

"不,我是中国人。"他答道。

"哦,神秘的中国人!我猜你到这儿的时间一定不太长吧。"

他点点头。

"你看上去被冻坏了,是吗?要知道在这样的天气出门,你必须穿得厚实些,不然……"他做出一个痛苦的表情,"你会被冻病的。"

他疑惑地望着这位陌生的老头儿,猜不出他想干什么。

"我想你大概需要一顶棉帽了,这样你就不会感到冷了。"说着老人从头上摘下自己的帽子,然后递给他。

"戴上它,孩子,你会很暖和的!"

"你……是在向我出售吗?"

"我不卖,孩子。这可是我祖父留下来的,我只想把它借给你。你瞧——"

老人用手指了指街对面的一栋大房子:"我到家了,而你可能还要在街上呆一会儿。我只是希望你别冻着。"

老人看了看表,告诉他明天这个时间再到这儿把帽子还给他,

四、美好的声誉

并嘱咐他一定要买一顶帽子,因为这样寒冷的天气,在这里还将持续一阵子。

他执意不肯,但老人坚持要他戴。他只好戴上了。他询问老人的姓名,老人很有礼貌地告诉他,自己叫劳伦斯,曾经是这个小镇历史上第一位男性妇产科医生。

老人走了,他一时有些鼻酸。在这遥远而又陌生的国度,在这冰冷的隆冬季节,竟然有一位陌生的老人,送给他一顶祖传的帽子,这有多么不可思议呀!

一股暖流开始在他身体里涌动,他立刻感觉好多了。想到明天还得把帽子还回去,他进而生出一丝淡淡的沮丧。

路过一家帽子商店,他走了进去。一看标签,暗自一惊,最便宜的一顶帽子也要三百瑞士法郎!乖乖!他转身又出去了。

第二天,老人如约等在了那里,准备取回自己的帽子。可是左等右等,就是不见那个中国人!第三天,第四天……中国人始终没出现。

"这简直太荒唐了!有个中国人竟然骗走了劳伦斯先生家祖传的帽子。"这件事很快就在小镇上传开了。

小镇上的人很淳朴,他们评判事物的标准一向简单而明了,并且马上就能反映在他们的行动中。于是,他们毫不客气地给镇上所有中国人——甚至日本人、越南人——贴上了"有色标签",认为他们都是不可信赖的人,不再与他们为友,不再买他们的东西,不再吃中国饭馆的食品,毅然决然地将中国人从他们的生活中剔除了!

当然,他也未能幸免。他租不到房子,房东们都拒绝把房子租给中国人;他没有朋友,人们都对他敬而远之;他更不敢戴劳伦斯的帽子在街上走,甚至还买不到一顶新帽子,因为所有的商店几乎都拒绝把帽子卖给像他这样的东方人。

他被这里的天气冻坏了,最后,他真的病倒了。医生说他染上了伤寒,而且病得很严重。

"竟然都是因为一顶皮棉帽?!"他感到震惊和恐慌,灵魂深处

为他人开一朵花

正遭受着前所未有的煎熬，他也从未像现在这样，感到自己竟是如此的虚弱和乏力，孤独和凄凉！

"一顶皮棉帽！！"他哭了，而且哭得很伤心……

> 自觉心是进步之母，自贱心是堕落之源，故自觉心不可无，自贱心不可有。
>
> ——邹韬奋

> 诚实而无知，是软弱的，无用的；然而有知识而不诚实，却是危险的，可怕的。
>
> ——约翰逊

四、美好的声誉

一诺千金

【秦文君】

我做女孩子时曾遇上一个男生开口向我借钱，而且开口就是借两元钱。在当时，这相当于我两个月的零花钱。我有些犹豫，因为人人都知道那男生家很穷，他母亲仿佛是个职业孕妇，每年都为他生一个弟弟或妹妹。她留给大家的形象不外乎两种：一是腹部隆起行走蹒跚；另一种是刚生产完毕，额上扎着布条抱着新生婴儿坐在家门口晒太阳。

我的为难令那男生难堪，他低下头，说借钱有急用，又说保证五天内归还。我不知怎么来拒绝他，只得把钱借给了他。

时间一天天过去，到了第五天，男生竟没来上学。整个白天，我都在心里责怪他。骂他不守信用，恍恍惚惚的，总想哭上一通。

夜里快要睡觉时忽然听到窗外有人叫我，打开窗，只见窗外站着那个男生。他脸上淌着汗，手紧紧攥成拳头，哑着喉咙说："看我变戏法！"他把拳头搁在窗台上，然后突然松开，手心里像开了花似的展开了两元钱的纸币。

我惊喜地叫起来，他也快活地笑了，仿佛我们共同办成了一件事，让一块悬着的石头落了地。他反复说："我是从旱桥奔过来的。"

后来才知道，他当时借钱是急着给患低血糖的母亲买葡萄糖，为了如期归还借款，他天天夜里到北站附近的旱桥下帮菜农推车。到了第五天拂晓他终于攒足了两元钱，乏极了，就倒在桥洞中睡着了，没料到竟酣睡了一个白天和黄昏。醒来后他就开始狂奔，所有的路人都猜不透这个少年为何十万火急地穿行在夜色中。

为他人开一朵花

那是我和那男生的唯一的一次交往，但它给我留下的震撼却是长久而深切的。以后再看到"优秀"、"守信用"之类的字眼，总会联想到他，因为他身上奔腾着一种感人的一诺千金。

那个男生后来据说果然成就了一番事业，也许他早已忘了这件事，可我总觉得那是他走向成功的源头。

去年秋天的一个傍晚，天降大雨，那是场罕见的倾盆大雨，我打着伞去车站接一个朋友，我们曾约定，风雨无阻。我在车站久等也没见朋友露面，倒是看到一个少年，没带伞，抱着肩瑟瑟地站在站牌边守候。我把伞伸过去，他感激地说谢谢，告诉我说，他也是在这儿等一个朋友。车一辆一辆开过，雨在伞边上形成一道道雨帘，天地间白茫茫的，怎么也不见我们所盼望的人。我对少年说，他们也许不会来了，可少年固执地摇摇头。又来了一辆车，突然，车上跳下一个少年，无比欢欣地叫了一声。伞下的少年一下蹿了出去，两个人热烈地击掌问候，那份快乐是如此坦荡无邪，相互的欣赏流淌在那一击中，让目睹那画面的我感到一种灵魂的升华。

我终于未能等到我的那份欣喜。我失望而归，却在家接到朋友的电话。她说雨实在太大，所以……我想说，当时约定时为何要说风雨无阻，完全可以说有大雨就取消。既然已说了风雨无阻，区区风雨又何足畏惧？不过，我什么也没说，只是轻轻地挂断了电话。因为对于并不怎么看重诺言的人，她会找出一千条为自己开脱的理由，而我，更愿腾出时间想想那两个相会在暴雨中的少年。

五、爱的力量
WU AI DE LILIANG

只有爱才会教人爱 / L.格瑞萨德
飞翔的雪鹅 / 吉恩·利维莱
守望的天使 / 三　毛
一位母亲与家长会 / 刘燕敏
爱的力量 / 奥　修
盲女后来看到的 / 周雪韬
奔跑的母亲 / 姜致远
三袋米 / 王恒绩

只有爱才会教人爱

【L.格瑞萨德】

初涉人生，我们不仅需要母亲的慈爱，以哺育自己钟情生活的爱心，还需要老师的教导，以培养自己把握生活的能力——而我，则很荣幸地拥有一位当老师的母亲，所以，她对我的馈赠便是双重的了。

记得我在母亲任教的学校上二年级时，班里有两个人见人厌的学生，10岁的弗兰基和9岁的戴维。他们是兄弟俩，学习极差，也都留过级，而且每天都要弄出点恶作剧来，恃强凌弱，以欺侮同学、滋事捣乱为快。有一回，他们甚至搞来了一枚小型炸弹，偷偷地放在一个窗架子上，待上课时，猛听得一声巨响，师生们都被吓得魂不附体，好几个同学都尿了裤子！我也是其中之一。

几年下来，班里几乎没有不被他们俩欺侮过的——被敲诈、被打骂，可谁也拿他们没办法。

上五年级时的一天，我正顺着小路骑自行车回家，弗兰基大叫大嚷地从后边冲过来："快滚开，我来了！"但我已经来不及躲避了（也无处躲避），被他狠狠地撞入了路边的一条深沟里，自行车又重重地压在我身上，直跌得我鼻青眼肿，头上还磕了个大包。弗兰基幸灾乐祸地打着呼哨，扬长而去。

我匆匆赶回家，尽量把泥污血迹洗干净，希望妈妈不会看出来。否则，她一定会告诉校长惩处弗兰基，那样既对弗兰基无损（他巴不得弄得鸡犬不宁），又实在对我有害（他必定要伺机作更恶毒的报复）。

可惜头上的大青包无论如何也按不平。晚上，在妈妈的一再

五、爱的力量

追问下,我掩饰不住,只好将自己受欺侮的事和盘托出了。我一再恳求她不要报告校长。

妈妈看着我,想了想以后答应了:"那好,明天我自己找他谈一谈。"

第二天,我总是心神不宁,担心有更大的灾祸在等着我。放学时,还特地绕了远路回家,只怕再遇上弗兰基。而妈妈下班后,倒是告诉了我一个好消息:"他们再也不会来欺侮你了。"

我想,妈妈一定是报告了警察局长,让他把这两个作恶多端的坏孩子捉进了监狱——这下可好了!

但是,妈妈告诉我的却是另一回事:

"今天,我先去翻阅了弗兰基兄弟俩的档案材料,发现他们的父亲早就死了,母亲现在也不知去向,兄弟俩是靠一个姑姑养大的,生活条件很差。而且,教过他的老师还告诉我,兄弟俩小时候常常遭到他们母亲的毒打。他们成为现在这个样子,并不全是自己的错:自己没有得到过多少爱,所以也不懂得去爱别人。

"你知道我做了什么吗?课后,我把弗兰基请到了自己的办公室,问他是否愿意当我的助手,每天替我准备些教具,我会为此给他一些报酬的。另外,如果工作得好,周末时我还会让你和他们兄弟俩一道去看电影。"

"我?我跟他们一起去看电影?"出于愤怒,更出于畏怯,我当即表示反对,"我不去!"

"不,你应该去。"妈妈劝我,"他们需要别人的关心与尊重。只有爱才会教会他们去爱。"

到了周末,我十分勉强地随妈妈到弗兰基他们的住处,接他们去看电影。妈妈对他们的姑姑说:"弗兰基这一星期在我这里工作得挺不错。我相信他弟弟戴维以后也能来帮忙的。"他们的姑姑听了连连道谢,她一定从未想过自己这两个臭名远扬的侄儿还真能做好事儿,还真能被人喜欢!

在去电影院的路上,我们彼此很窘。我偷偷瞥了弗兰基兄弟俩一眼。嚄!竟是一副规规矩矩、颇有教养的模样了——与平常完全

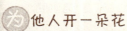 为他人开一朵花
WEI TAREN KAI YIDUOHUA

不同。正疑惑时，弗兰基还很郑重地向我道歉："实在对不起，那天我把你撞到了沟里。请你原谅！"态度极为诚恳，垂着眼睛，显得很羞愧。他还向我保证："以后我再也不会去欺侮任何人了。"

这破天荒的奇迹倒把我弄得怪不好意思，在母亲的催促下，才表示了谅解——虽然心里已经不记恨他了。

说来奇怪，这以后弗兰基兄弟俩真的如脱胎换骨了一般，彻底改邪归正了，不仅不再惹是生非，而且学习也认真了——这对学校、对老师、对同学当然都是一个好消息，而对于我来说，也从中受益匪浅。

不是血肉的联系，而是情感和精神的相通，使一个人有权利去援助另一个。

——柴可夫斯基

五、爱的力量

飞翔的雪鸦

【吉恩·利维莱】

雪,越下越急。窗户木格的角落里,堆起了积雪。冬日的天空灰蒙蒙的一片。

忽然,一只小鸟扑腾着飞进院子,跌跌撞撞地落在雪里,嘴巴朝下栽倒在地上。接着又挣扎着站起来,摇摇摆摆地走来走去,不时低头在地上啄一下。

男孩趴在窗台上,鼻子顶着玻璃,望着这只小鸟,心里想着:晚上能不能避开家里人悄悄溜出去呢?院子里的那张长椅也落满了雪,应该把它倒扣过来……

妈妈在里面喊了他一声,男孩慢腾腾地穿过走廊向厨房走去。他走进暖洋洋的门厅,在餐桌旁坐下等着早饭。妈妈连头都没有往起抬,便命令道:"去把手洗净。"男孩皱皱眉头,可还是进厨房在冷水里蘸了蘸手,用力甩甩,又走回门厅。

像往常一样,妈妈又在做简短的饭前感恩祈祷。男孩心不在焉地用指甲在旧桌上划来划去。祈祷一结束,他就拿起勺子,伸进热气腾腾的鸡汤面条盆里。

他把饼干掰开,泡进汤里,勉强抬起眼皮望望对面坐着的妹妹。妹妹的目光一直在跟随着他的脸转。难道她能看穿他的心思?有时男孩真觉得这个哑巴妹妹能一眼把他望穿。

他吃完汤面,又一口气喝干他的牛奶:"我可以走了吗?"

妈妈抬起头,迷惑不解:"上哪儿?"

男孩不耐烦地盯着妈妈,觉得她早应该知道:"我想到池塘那边试试我的新冰鞋。"

妈妈瞥瞥身旁的妹妹,温和地说:"稍等几分钟,带上她。"

为他人开一朵花
WEI TAREN KAI YIDUOHUA

男孩一把推开椅子，高声叫道，"我一个人去，不带她！"

"求求你，本杰明，你从来不给她一次机会，你也知道，她喜欢滑冰。照你的想法，因为她是个哑巴，就可以不理睬她，但这回还是让她跟你去吧。"

一绺灰白的头发垂下来，挂在妈妈苍白的脸上，她疲倦地挥挥手："妹妹的冰鞋在门厅的壁橱里。"

男孩愤愤地逼视着妈妈和妹妹，声嘶力竭地喊道："我就是不带她！"

说完，他冲到壁橱前，抓起自己的大衣、连指手套和帽子，把门砰地在身后甩上，跑到车库，摘下冰鞋搭在肩上，跑进院子。长椅仍然静静地躺在那儿。男孩走上前，把它们掀了个底朝天，微笑着朝田野跑去。

牧场的尽头，池塘在闪闪发亮，像一只睁大的眼睛。男孩在盖满雪的马食槽上坐下，穿上冰鞋，把换下的鞋系在一起，搭在肩上，朝池塘边走去。他立在池塘边，兴奋得发抖。

忽然，有一只手扯了扯男孩的大衣，他一惊，低下头，发现了妹妹。她的大衣的纽扣歪歪斜斜地扣着，围巾松松垮垮地搭在肩上，拖着两道鼻涕。

男孩把手伸进口袋，掏出一张揉成一团的纸巾，恶狠狠地给她擦干净鼻涕，又抓住她的手，粗暴地拉到马槽前。他把妹妹按着坐下，盘算了一下，想把妹妹送回去，可又想到，如果这样，会招来更多的麻烦。想到这里，男孩给妹妹穿上冰鞋，他狠心地用力拉扯着鞋带，抬起眼想看看妹妹脸上有没有怕疼的表情。但是没有……一丝变化也没有，尽管鞋带已经深深地勒进她的肉里，可她还是静静地坐着，注视着哥哥，两只眼睛一声不响地看到他心底的最深处。

"妈妈为什么不生一个可爱的孩子，却生了个你。"男孩瞧着妹妹，好像她是一件累赘讨厌的物品，他甚至因为自己这样恨妹妹而恼恨起自己来。对他来说，妹妹只不过是他和妈妈造成隔阂的一个原因，是妈妈和他之间的一个障碍。有时，他发现自己甚至记不住

五、爱的力量

妹妹的名字；也许，是他有意忘掉了。他给妹妹系好鞋带，起身走开。

一阵不大的风刮来，吹透男孩的灯芯绒长裤，他溜到池塘中间，开始滑行，裸露的脚踝在寒风里有种舒服的刺痛。他能感到锋利的刀刃嗤嗤擦过雪被下的冰面。寒气逼人，冷风吹在他的脸颊和耳朵上，冻得生疼。

男孩倒退着滑行，看到妹妹从后面跟了上来，他盯着妹妹以优美的姿势朝他滑来，他也知道，自己永远滑不了这么漂亮。他承认，妹妹是一个极好的溜冰手。可是这个连话都不会讲的女孩，知道不知道自己滑得那么漂亮？也许，滑冰是她天生就有的一种才能。

妹妹的手指动作不很协调，但她却滑得比谁都好。也许正是她的矮小和清瘦让他感到厌恶，这个脸色苍白、灰不溜秋的倒霉东西！

男孩看着妹妹轻巧地滑过池塘，像一瓣削下来的冰片。他打了个弯，朝前滑去。再停下来擦鼻涕时，他觉得有人在扯他的大衣襟，他一把摔开妹妹的手，朝另一个方向滑去。

他经常把同学叫到自己家玩，可妹妹总站在厨房的门后面，盯住他们一直看，直到他们再也不愿意来了。伙伴们说妹妹的目光让人觉得不自在。

她能看出来他什么时候高兴，什么时候生气。他高兴时，妹妹常常轻手轻脚地跟在他屁股后面，拉扯着他的后衣襟。但大多数时间，总是一双眼睛跟着他转悠——一双在他毫无察觉时就看穿他心思的眼睛。

他抬起头，四下寻找她的身影，没有！他滑到池塘中间，四下张望，发现妹妹在池塘的另一头，超出了安全区！虽然没有标志，但他知道，那儿冰薄如纸。

一瞬间，男孩呆住了。可又一转念，一旦出事，很容易解释，他只要对妈妈说当时他不知道妹妹在那儿滑冰……从此，妈妈苍老和疲倦的神情就会从布满皱纹的脸上消去……从此，妹妹卧室

 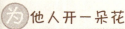

里就再也不会传出一遍又一遍耐心和气的劝说;再不会有妹妹拒绝自个儿学系鞋带时,妈妈脸上出现的那种无可奈何的神情;也再不会见到妈妈的眼泪……

男孩目不转睛,看着妹妹越滑越远。忽然,一只小鸟闯进了他的视线,也是一只笨拙的雪鹞。此刻,它显得更加纤弱,却飞得那么漂亮,它慢慢掠过池塘。男孩正要仔细瞧瞧,它却消失了,但刹那间他还是看清了,它就是早晨在院子里见到的那只小精灵!

男孩的两腿开始加快蹬踩,冰刀发狂地凿在冰面上。妹妹不见了!男孩十分焦急,双腿像着了火,他飞舞双臂,竭力想加快速度,但总觉得不够快。泪水从他的眼眶里涌了出来。妹妹不见了!他竟然眼睁睁地看着她滑到薄薄的冰面上。

接着,他听到冰层的巨大断裂声,并且感觉到了冰面的震颤。男孩拼命滑到塌陷的冰窟边缘,小心地趴在冰上,一把抓住了妹妹大衣的后襟。冰凉的水立刻冻僵了他的手指,他紧紧攥住,用尽全身力气往上拉。妹妹的头出现了,但大衣却从手里滑了出去,妹妹又向下沉去。绝望中,他把两只胳膊都伸进水里,疯了似的连摸带抓,终于又把大衣抓在了手里,这回,把妹妹拽出了冰面。

仿佛过了很长时间,他盯着妹妹发青的脸,默默祷告她的眼睛能很快睁开。妹妹终于慢慢睁开了眼睛。他的心一阵绞痛。

妹妹浑身发抖,男孩迅速地脱下她湿透了的衣服,把她瘦小的身体紧紧裹在自己的大衣里。他用冻僵的手脱下自己的滑冰短袜,套在妹妹的脚上。刺骨的寒气立刻顺着他的脚心爬了上来。冻僵的双手怎么也解不开鞋带,他把它们胡乱套上,抱起妹妹,朝岸上跑去。怀抱里的妹妹,身体僵硬。他注意到妹妹的嘴唇被划破了,在流血,就从口袋里掏出纸巾,为她擦干血迹。他低下头,想从妹妹的眼睛里找出什么表情,但仍然是什么也没有……没有痛苦,没有责备,什么也没有……只有眼泪。可从前,他未曾见妹妹哭过一次,尽管有的时候,妈妈在妹妹的面前伤心得死去活来,她依然是无动于衷地呆坐着。可现在,她眼眶里涌出了泪水,泪珠从脸上流了下来。男孩终于想起了她的名字——谢丽

五、爱的力量

尔！她挣扎着往哥哥温暖的身上挤，男孩用尽力气把她紧紧搂抱在怀里，他注视着妹妹，轻轻呼唤着她的名字。终于，他发现妹妹的眼里流露出一丝柔情，她认出了自己的哥哥！

男孩加快了脚步，朝家里走去。

冷漠无情，就是灵魂的瘫痪，就是过早的死亡。

——契诃夫

所有的感情在本性上都是好的，我们应当避免的只是对它们的误用或滥用。

——笛卡儿

守望的天使

【三 毛】

圣诞节前几日,邻居家的孩子拿了一个硬纸做成的天使来送我。

"这是假的,世界上没有天使,只好用纸做。"汤米用手臂扳住我家的短木门,在花园外跟我谈话。

"其实,天使这种东西是有的,我就有两个。"我对孩子眨眨眼睛认真地说。

"在哪里?"汤米好奇地仰起头来问我。

"现在是看不见了,如果你早认识我几年,我还跟他们住在一起呢。"我拉拉孩子的头发。

"在哪里?他们现在住在哪里?"汤米热烈地追问着。

"在那边,那颗星的下面住着他们。"

"真的?你没骗我?"

"真的。"

"如果是天使,你怎么会离开他们呢?我看还是骗人的。"

"那时候我不知道,不明白,不觉得这两个天使在守着我,连夜间也不合眼地守护着呢。"

"哪有跟天使在一起过日子还不知不觉的人?"

"太多了,大都像我一样不晓得哪!"

"都是小孩子吗?天使为什么要守着小孩呢?"

"因为上帝分小孩子给天使们之前,先悄悄地把天使的心装到孩子身上去了。孩子还没分到,天使们一听到他们的孩子心跳的声音,都感动得哭起来。"

五、爱的力量

"天使是悲伤的吗？你说他们哭着？"

"他们常常流泪的，因为太爱他们守护着的孩子，所以往往流了一生的眼泪。流着泪还不能擦啊，因为翅膀要护着孩子；即使一秒钟也舍不得放下来找手帕，怕孩子吹了风淋了雨要生病。"

"你胡说的，哪有那么笨的天使。"汤米听得笑起来，很开心地把自己挂在木栅上晃来晃去。

"有一天，被守护着的孩子总算长大了，孩子对天使说：要走了。又对天使们说：请你们不要跟着来，这是很讨人嫌的。"

"天使怎么说？"汤米问着。

"天使吗？彼此对望了一眼，什么都不说，他们把身边最珍贵的东西都给了要走的孩子。这孩子把包袱一背，头也不回地走了。"

"天使关上门哭着是吧？"

"天使们哪里来得及哭，他们连忙飞到高一点的地方去看孩子。孩子越走越快，越走越远。天使们都老了，还是挣扎着拼命向上飞，想再看孩子最后一眼。孩子变成了一个小黑点，再也看不到了。这时候，两个天使才慢慢地飞回家去，关上门，熄了灯，在黑暗中静静地流下泪来。"

"小孩到哪里去了？"汤米问。

"去哪里都不要紧，可怜的是两个老天使，他们失去了孩子，也失去了心，翅膀下没有了要他们庇护的东西，终于可以休息了。可是撑了那么久的翅膀，已经僵了，硬了，再也放不下来了。"

"走掉的孩子呢？难道真不想念守护他的天使吗？"

"啊，刮风下雨的时候，他自然会想到有翅膀的好处，也会想念得哭一阵子呢。"

"你是说，那个孩子只想念翅膀的好处，并不真想念那两个天使本身啊？"

为着汤米这句问话，我呆住了好久好久，捏着他做的纸天使，望着黄昏的海面说不出话来。

"后来也会真的想天使的。"我慢慢地说。

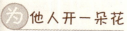

为他人开一朵花

"什么时候?"

"从孩子知道他永远回不去了的那一天开始,他便日日夜夜地想念着老天使们了啊!"

"为什么回不去了?"

"因为离家的孩子,突然在一个早晨醒来,发现自己也长了翅膀,自己也正在变成天使了。"

"有了翅膀还不好?可以飞回去了。"

"这种守望的天使是不会飞的!他们的翅膀是用来遮风避雨的,不会飞了。"

"翅膀下面是什么?新天使的工作是不是不一样啊?"

"一样的,翅膀下面是一个小房子,是家,是新来的小孩,是爱,也是眼泪。"

"做这种天使很苦。"汤米严肃地下了结论。

"是很苦,可是他们以为这是最最幸福的工作。"

汤米动也不动地盯住我,又问:"你说,你真有两个这样的天使?"

"真的。"我对他肯定地点点头。

"你为什么不去跟他们在一起?"

"我以前说过,这种天使们,要回不去了,眼睛亮了,才发觉他们是天使,以前是不知道的啊!"

"不懂你在说什么。"汤米耸耸肩。

"你有一天长大了就会懂了,现在不可能让你知道的。有一天,你爸爸、妈妈——"

汤米突然打断了我的话,他大声地说:"我爸爸白天在银行上班,晚上在学校教书,从来不在家,不跟我们玩;我妈妈一天到晚在洗衣、煮饭、扫地,又总是在骂我们这些小孩,我的爸爸妈妈一点意思也没有。"

说到这儿,汤米的母亲远远地站在家门口高呼着:"汤米,回来吃晚饭,你在哪里?"

"你看,噜里噜苏,一天到晚找我吃饭、吃饭,讨厌透了。"

五、爱的力量

汤米从木栅门上跳下来，对我点点头，往家的方向跑去，嘴里说着："如果我也有你所说的那样两个天使就好了，我是不会有这种好运气的。"

汤米，你现在不知道，你将来知道的时候，已经太晚了。

在孩子的嘴上和心中，母亲就是上帝。

——萨克雷

家是世界上唯一隐藏人类缺点与失败的地方，它同时也蕴藏着甜蜜的爱。

——萧伯纳

一位母亲与家长会

【刘燕敏】

第一次参加家长会,幼儿园的老师说:"你的儿子有多动症,在板凳上连三分钟都坐不了,你最好带他去医院看一看。"

回家的路上,儿子问她老师都说了些什么。她鼻子一酸,差点流下泪来。因为全班30位小朋友,唯有他表现最差;唯有对他,老师表现出不屑。然而,她还是告诉了她的儿子。

"老师表扬你了,说宝宝原来在板凳上坐不了一分钟,现在能坐三分钟了。其他的妈妈都非常羡慕妈妈,因为全班只有宝宝进步了。"

那天晚上,她儿子破天荒地吃了两碗米饭,并且没让她喂。

儿子上小学了。家长会上,老师说:"全班50名同学,这次数学考试,你儿子排第49名。我们怀疑他智力上有些障碍,您最好能带他去医院查一查。"

回去的路上,她流下了泪。然而,当她回到家里,却对坐在桌前的儿子说:"老师对你充满信心。他说了,你并不是个笨孩子,只要能细心些,会超过你的同桌,这次你的同桌排在第21名。"

说这些话时,她发现,儿子暗淡的眼神一下子充满了光,沮丧的脸也一下子舒展开来。她甚至发现,儿子温顺得让她吃惊,好像长大了许多。第二天上学时,去得比平时都要早。

孩子上了初中。又一次家长会,她坐在儿子的座位上,等着老师点她儿子的名,因为每次家长会,她儿子的名字在差生的行列中总是被点到。然而,这次却出乎她的预料,直到结束,都没听到。她有些不习惯。临别,去问老师,老师告诉她:"按你儿子现在的成绩,考重点高中有点危险。"

五、爱的力量

她怀着惊喜的心情走出校门，此时她发现儿子在等她。路上她扶着儿子的肩膀，心里有一种说不出的甜蜜，她告诉儿子："班主任对你非常满意，他说了，只要你努力，很有希望考上重点高中。"

高中毕业了。一个第一批大学录取通知书下达的日子，学校打电话让她儿子到学校去一趟。她有一种预感，她儿子被清华录取了，因为在报考时，她给儿子说过，她相信他能考取这所学校。

她儿子从学校回来，把一封印有清华大学招生办公室的特快专递交到她的手里，突然转身跑到自己房间里大哭起来。边哭边说："妈妈，我一直都知道我不是个聪明的孩子，是您……"

这时，她悲喜交加，再也按捺不住十几年来凝聚在心中的泪水，任它打在手中的信封上。

> 母亲的安宁和幸福取决于她的孩子们。母亲的幸福要靠孩子去创造。
>
> ——苏霍姆林斯基

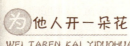

爱的力量

【奥　修】

　　爱可以化解重量，爱可以消除重担，来自爱的任何反应都很美。

　　有一个住在非洲的印度教教徒，他来到喜马拉雅山朝圣，那是最难到达的地方。在当时，要去那些地方的确非常困难，有很多人一去不回——道路非常狭窄，而且道路的旁边是一万英尺的深谷，终年积雪，只要脚稍微滑一下，人就完蛋了。现在情况比较好了，但是我所说的那个时候，它的确非常困难。那个印度教的门徒出发了，他只带很少的行李，因为带很多行李在那些高山上行动非常困难，那里空气非常稀薄，呼吸很困难。

　　就在他前方，他看到了一个女孩，年纪不超过10岁。她背着一个很胖的小孩，一直在流汗，而且喘气喘得很厉害。当那个门徒经过她的身边时说："我的女儿，你一定很疲倦，你背得那么重。"那个女孩生气地说："你所携带的是一个重量，但是我所携带的并不是一个重量，他是我的弟弟。"他感到很震惊，她是对的，这之间有一个差别的。在磅秤上当然是没有差别，不管你背的是你弟弟或是一个背包，磅秤上将会显示出实际的重量。但是就心而言，心并不是磅秤。那个女孩是对的，她说："你所携带的是一个重量，我可不是，这是我弟弟，而我爱他。"

　　爱可以化解重量，爱可以消除重担，来自爱的任何反应都很美。

五、爱的力量

盲女后来看到的

【周雪韬】

多年以前,一位40岁的母亲带着失明的女儿沿街乞讨。母亲教女儿用手指感触野花的嫩瓣和葳蕤的春草,帮女儿把大自然的色彩系扎在胡琴的顶端,一路唱去,唱到又一个冬天里的春节。

她们躲在一间废弃的草房中看别人过年。有善良的人送来饺子,但是不多。母亲端给女儿说:"妞儿,吃饺子吧。""妈,您吃。""妈这儿还有一大海碗呢!"女儿看不见,但是女儿信任母亲,母亲从来没骗过她。所以她吃得心安,吃得香甜。

女儿没听到母亲吃饺子的声音,就问了,母亲说:"我就吃。"然后细致地、出声地咀嚼着女儿剩下的一点饺子汤。

多年以后,女儿被一个业余剧团发现,团长收留了她们母女。不久,母亲因长期的生活磨难而病入膏肓。临终前一天,女儿摸索着为母亲包了一碗三鲜馅的饺子,母亲大口地一连吃了十个半,微弱而肯定地称赞女儿:"包得好,真好吃!"女儿留下了这碗饺子。第三天,孤独的女儿重新将那饺子摸索出来,体味着那碗边上母亲遗留的手温,然后慢慢地吃起来。但是女儿发现:饺子放盐太多,咸得没法吃。

女儿失明的眼里流下了泪水。

这个女孩后来成了我的朋友,她从不化妆的脸上时刻荡漾着善良和爱的光芒。

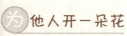

奔跑的母亲

【姜致远】

黑马!又见黑马!

当她第一个冲过终点线时,整个赛场沸腾了。不可思议,高手如云的国际马拉松比赛中,冠军竟然是个训练仅一年的业余选手!

27岁的切默季尔,肯尼亚的一名农妇,就此一举成名。

切默季尔的全家都住在山区,她的丈夫是一个老实巴交的庄稼汉,除了种地一无所长。一年前,切默季尔还一筹莫展,为无法给四个孩子供给学费暗自伤心。丈夫抽着闷烟安慰她:"谁叫孩子生在咱穷人家,认命吧!"

如果孩子们不上学,只能继续穷人的命运。难道只能认命?她不甘心。

当地盛行长跑运动,名将辈出,若是取得好名次,会有不菲的奖金。她还是少女时,曾被教练相中,但因种种原因选将未果。此刻,她脑中灵光一闪:不如去练习马拉松!

马拉松是一项极限运动,坚强的意志和优良的身体素质缺一不可。她已近27岁,没有足够的营养供给,从未受过专业基础训练,凭什么取胜?冷静之后,她也胆怯过,可是除此之外别无他途。如果连做梦的勇气都没有,那就永无改变的可能。

丈夫最后也同意了她大胆的"创意"。第二天凌晨,天还黑着,她就跑上崎岖的山路。只跑了几百米,她的双腿就像灌了铅一般。停下喘口气,接着再跑。与其说是用腿在跑,不如说是用意志在跑。跑了几天,脚上就磨出无数的血泡。她也想打退堂鼓,可回家一看到嚷着要读书的孩子,她又为自己的懦弱感到羞愧。不

五、爱的力量

能退缩！她清醒地知道，这是唯一的希望！

训练强度逐渐增加，但她的营养远远跟不上。有一天，日上竿头，她仍然没有回家。丈夫担心她出事，赶紧出门寻找，终于在山路上发现了昏倒在地的妻子。他把妻子背回家里，孩子们全都围了上来，大儿子哭着说："妈妈，不要再跑了，我不上学了！"她握着儿子的小手，泪水像断线的珠子般涌出，一言不发。次日一早，她又独自一人奔跑在寂静的山路上。

经过近一年的艰苦训练，切默季尔第一次参加国内马拉松比赛，获得了第七名的好成绩，开始崭露头角。有位教练被她的执著深深感动，自愿给她指导，她的成绩更加突飞猛进。

终于，切默季尔迎来了内罗毕国际马拉松比赛。为了筹集路费，丈夫把家里仅有的牲口都卖了，这可是家里的全部财产……

发令枪响后，切默季尔一马当先跑在队伍前列，这是异常危险的举动，时间一长可能会体力不支，甚至无法完成比赛。但为了孩子，为了家庭，她豁出去了。

或许上帝也被切默季尔的真诚所感动。她一路跑来，如有神助，2小时39分零9秒之后，她第一个跃过终点线。那一刻，她忘了向观众致敬，趴在赛道上泪流满面，疯狂地亲吻着大地。

突然冒出的黑马，让讲解员不知所措，手忙脚乱，忙活了好半天才找齐她的资料。

颁奖仪式上，有体育记者问："您是个业余选手，而且年龄处于绝对劣势，我们都想知道，究竟是什么力量让您战胜众多职业高手，夺得冠军？"

"因为我非常渴望那7000英镑的冠军奖金！"此言一出，场下一片哗然。她的话太不合时宜，有悖体育精神。切默季尔抹去泪水，哽咽着继续说："有了这笔奖金，我的四个孩子就有钱上学了……"喧闹的运动场忽然寂静，人们这才明白，原来，孩子才是她奔跑的力量。瞬间，场下响起雷鸣般的掌声，那是人们对冠军最衷心的祝贺，也是对母亲最诚挚的祝福。

为他人开一朵花
WEI TAREN KAI YIDUOHUA

　　切默季尔成了肯尼亚的偶像，有人说她是长跑天才，有人说这是贫困造就的冠军，还有人说无需理由，这就是一个奇迹。是的，又一个体育奇迹！不过缔造者并非职业运动员，而是——母亲！

　　孩子是母亲的生命之锚。

——索福克勒斯

　　没有太阳，花朵不会开放；没有爱便没有幸福；没有妇女也就没有爱，没有母亲，既不会有诗人，也不会有英雄。

——高尔基

五、爱的力量

三袋米

【王恒绩】

　　这是一个真实的故事。

　　这是个特困家庭。儿子刚上小学时，父亲去世了。娘儿俩相互搀扶着，用一堆黄土轻轻送走了父亲。

　　母亲没改嫁，含辛茹苦地拉扯着儿子。那时村里没通电，儿子每晚在油灯下书声朗朗、写写画画，母亲拿着针线，轻轻、细细地将母爱密密缝进儿子的衣衫。日复一日，年复一年，当一张张奖状覆盖了两面斑驳陆离的土墙时，儿子也像春天的翠竹，噌噌地往上长。望着高出自己半头的儿子，母亲眼角的皱纹涨满了笑意。

　　当满山的树木泛出秋意时，儿子考上了县重点一中。母亲却患上了严重的风湿病，干不了农活，有时连饭都吃不饱。那时的一中，学生每月都得带30斤米交给食堂。儿子知道母亲拿不出，便说："娘，我要退学，帮你干农活。"母亲摸着儿子的头，疼爱地说："你有这份心，娘打心眼里高兴，但书是非读不可的。放心，娘生你，就有法子养你。你先到学校报名，我随后就送米去。"儿子固执地说不，母亲说快去，儿子还是说不，母亲挥起粗糙的巴掌，结实地甩在儿子脸上，这是16岁的儿子第一次挨打……

　　儿子终于上学去了，望着他远去的背影，母亲在默默沉思。

　　没多久，县一中的大食堂迎来了姗姗来迟的母亲，她一瘸一拐地挪进门，气喘吁吁地从肩上卸下一袋米。负责掌秤登记的熊师傅打开袋口，抓起一把米看了看，眉头就锁紧了，说："你们这些做家长的，总喜欢占点小便宜。你看看，这里有早稻、中稻、晚稻，还有细米，简直把我们食堂当杂米桶了。"这位母亲臊红了

为他人开一朵花

脸,连声说对不起。熊师傅见状,没再说什么,收了。母亲又掏出一个小布包,说:"大师傅,这是5元钱,我儿子这个月的生活费,麻烦您转交给他。"熊师傅接过去,摇了摇,里面的硬币丁丁当当地响。他开玩笑说:"怎么,你在街上卖茶叶蛋?"母亲的脸又红了,支吾着道个谢,一瘸一拐地走了。

又一个月初,母亲背着一袋米走进食堂。熊师傅照例开袋看米,眉头又锁紧了:还是杂色米。他想,是不是上次没给这位母亲交代清楚,便一字一顿地对她说:"不管什么米,我们都收。但品种要分开,千万不能混在一起,否则没法煮,煮出的饭也是夹生的。下次还这样,我就不收了。"母亲有些惶恐地请求道:"大师傅,我家的米都是这样的,怎么办?"熊师傅哭笑不得,反问道:"你家一亩田能种出百样米?真好笑。"遭此抢白,母亲不敢吱声,熊师傅也不再理她。

第三个月,母亲又来了,肩上驮着一袋米,她望着熊师傅,脸上堆着比哭还难看的笑。熊师傅一看米,勃然大怒,用几乎失去理智的语气,毛辣辣地呵斥道:"哎,我说你这个做妈的,怎么顽固不化呀?咋还是杂色米呢?你呀,今天是怎么背来的,还怎样背回去!"母亲似乎早有预料,双膝一弯,跪在熊师傅面前,两行热泪顺着凹陷无神的眼眶涌出:"大师傅,我跟您实说了吧,这米是我讨……讨饭得来的啊!"熊师傅大吃一惊,眼睛瞪得溜圆,半晌说不出话。

母亲坐在地上,挽起裤腿,露出一双僵硬变形的腿,肿大成梭形……母亲抹了一把泪,说:"我得了晚期风湿病,连走路都困难,更甭说种田了。儿子懂事,要退学帮我,被我一巴掌打到了学校……"

她又向熊师傅解释,她一直瞒着乡亲,更怕儿子知道伤了他的自尊心。每天天蒙蒙亮,她就揣着空米袋,挂着棍子悄悄到十多里外的村子去讨饭,然后挨到天黑掌灯后才偷偷摸进村。她将讨来的米聚在一起,月初送到学校……母亲絮絮叨叨地说着,熊师傅早已潸然泪下。他扶起母亲,说:"好妈妈啊,我马上去告诉

五、爱的力量

校长，要学校给你家捐款。"母亲慌不迭地摇着手，说："别，别，如果儿子知道娘讨饭供他上学，就毁了他的自尊心，影响他读书可不好。大师傅的好意我领了，求你为我保密，切记切记！"

母亲走了，一瘸一拐。

校长最终知道了这件事，不动声色，以特困生的名义减免了儿子三年的学费与生活费。三年后，儿子以627分的成绩考进了清华大学。欢送毕业生的那天，县一中锣鼓喧天，校长特意将母亲的儿子请上主席台。儿子纳闷：考了高分的同学有好几个，为什么单单请我上台呢？更令人奇怪的是，台上还堆着三只鼓囊囊的蛇皮袋。此时，熊师傅上台讲了母亲讨米供儿子上学的故事，台下鸦雀无声。校长指着这三只蛇皮袋，情绪激昂地说："这就是故事中的母亲讨得的三袋米，这是世上用金钱买不到的粮食。下面有请这位伟大的母亲上台。"

儿子疑惑地往后看，只见熊师傅扶着母亲正一步一步往台上挪。我们不知儿子那一刻在想什么，相信给他的那份震动绝不亚于惊涛骇浪。于是，人间最温暖的一幕亲情戏上演了：母子俩对视着，母亲的目光暖暖的、柔柔的，一绺儿有些花白的头发散乱地搭在额前。儿子猛扑上前，搂住她，号啕大哭："娘啊，我的娘啊……"

多年过去了，母亲的故事还在传说。

在父母的眼中，孩子常是自我的一部分，子女是他理想自我再来一次的机会。

——费孝通

六、谢谢老师
LIU XIEXIE LAOSHI

谢谢老师 / 苏叔阳
最美的眼神 / 马　德
"三好生" / 陈庆苞
难忘的体罚 / 兰妮·麦克穆林
有种水果叫香蕉 / 杨国华
感谢左手 / 王绍明
难忘的八个字 / 玛丽·伯德

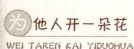

谢谢老师

【苏叔阳】

　　人生有许多事要学，人生有许多事要做。一生教你学做事的人便是老师。

　　人生有许多难做的事，而最难的事是做人。在这世上首先教你做人的人，便是老师。人生有许多许多的东西令你珍重，而当你双鬓堆雪，归于宁静，你才会知道，这珍重之中的珍重，乃是真诚。在这世上，唯有老师，唯有老师呵，教你真诚。

　　老师的职业，容不得虚假；老师的职业，排斥奸佞。诲人之心长在，哗众之意皆无。一切伪善、恶丑、买空卖空、损人肥己的言行，与老师的道德相悖，为老师的称号所不容。

　　也许，你的一生，超越过许多坎坷，踏上过无数道台阶，终于步入辉煌，攀上了顶峰。请你面对清风明月，扪心自省，你可记得，每一道沟坎，每一步阶梯，有几位老师搀扶你前行，用肩膀托你到高处领受人世的风景。

　　在每一个成功者的道路上，谁也数不清有多少老师的身躯，做了铺路的石子，让你踏着他们去开辟前程。小心地抬起你的脚吧，不要碾碎了他们的心灵。

　　或许，你感喟一生的平庸，叹息命运的不公平：为什么荣耀的花环总套在别人的头上，只将寂寞、清冷、悲苦甚至不幸赏给自己的姓名。也请你静夜长思吧，有多少老师为你付出了同样的辛劳，甚至给你远超过给别人的呵护，为你些微的成功而高兴得热泪涔涔，就算你失败、跌倒，周围都是嘲讽的目光，也总有一双眼睛，充满怜爱地凝望着你。那就是老师的眼睛。不管你灿烂还是黯淡，你都是老师心中的星辰。请你振作吧，别伤了老师的

六、谢谢老师

心！

　　把老师比作母亲，把老师比作人梯，比作燃烧自己照亮别人的红烛，比作努力吐出最后一口丝线的春蚕，都不过分。这世上倘没了老师，人类将永远陷入混沌。老师是擎天的柱，润泽大地的春雨，让人类绵延不绝的大军。假如人世上有一种专门吃苦而造福别人的职业，那便是老师，没有任何人比他们更神圣。

　　不管是华发满头，还是青春年少，让我们手牵起手，躬下身，向所有的老师虔恭地祝福，含泪说一声："谢谢啦，谢谢你们，老师！"

君子隆师而亲友。
——《荀子修身》

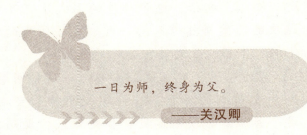

一日为师，终身为父。
——关汉卿

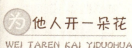

最美的眼神

【马 德】

一所重点中学百年校庆时，恰逢德高望重的老教师雒老80寿辰。雒老师一生极富传奇色彩，他所教过的学生，许多已成为蜚声海内外的教授、学者以及活跃在时代前沿的IT精英。是什么原因使雒老师桃李满天下呢？学校决定在百年校庆之际，把这个谜底揭开。

于是，学校给雒老师教过的学生发出一份问卷，其中最重要的一条是，雒老师的哪些方面最让他们满意。五花八门的答案很快反馈了回来：有人认为是他渊博的学识；有人认为是他风趣的谈吐；有人认为是他循循善诱的教学方式；有人认为是他兢兢业业的工作作风；有的学生说喜欢他营造的课堂氛围；有的学生干脆说，雒老师的翩翩风度是他们最满意的。

然而，学校对这些答案并不满意。在学校看来，这些闪光之处，也可能是其他老师所具有的，并没有代表性。仓促之中，学校在众多的学生中，选出100位最有成就的人。学校认为这100位学生的成功，肯定或多或少受到了雒老师的影响。为了得出较为一致的答案，这次的问题很简单：你认为，雒老师的哪一方面对你的人生影响最大。

答案很快就以传真、电话、电子邮件的形式反馈了回来。出乎意料的是，这次的答案居然惊人的一致。几乎所有的学生都认为，雒老师对他们人生影响最大的，是他的眼神。

这下轮到组织者为难了，本来他们打算通过这种问卷的形式，揭秘雒老师，同时把得到的答案，作为学校的传家宝流传下去；然而"眼神"这个答案非但没能起到揭秘的效果，反而使事情更加扑朔迷离了。

六、谢谢老师

百年校庆的日子很快到来了。庆祝大会隆重地举行，校长讲完话后，便是各界名流的致辞。一位知名的教授上台，先向端坐在中央的雏老师深深地鞠了一躬，然后说："今天我有幸站在这里，与大家共聚一堂，首先得感谢雏老师。我刚上这所中学的时候，成绩非常差，说实话，那时我已经丧失了信心和勇气。正是雏老师把我从困难中拯救了出来。此前，母校做了一次问卷调查，问雏老师对我们影响最大的是什么，我的回答就是他那会说话的眼神。是的，那时候，同学看不起我，父母对我也失去了信心，然而，雏老师的眼神中流动着的鼓励和肯定，像一股股暖流，温暖着我自卑和沮丧的心。我就是从他的眼神中得到了前进的信心和力量，一步一步走到现在的……"另一位学者致辞的时候，笑着说："上中学的时候，我最讨厌老师的偏袒，比如偏袒成绩好的，偏袒女生。因为讨厌老师，导致我很厌学。雏老师公正无私的心底，像一方晴朗的天空，清澈、洁净、透明，从他的眼神中流露出来的是种公正的力量，这使我的心也变得晴朗起来……"

后来上台的学生中，大凡雏老师教过的，无一例外地谈到了雏老师的眼神。有人认为，雏老师的眼神在严肃中传递着爱意；有人认为雏老师的眼神在安静中透着温和；有人认为雏老师的眼神中蕴满父亲般的慈祥；有人认为雏老师的眼神就是一条汩汩流淌的河流，在不断地荡涤着人的心灵……

事实上，大会开到这里已经非常成功了。没有想到的是，就在最后，有一位五十多岁的教师在事先没被邀请的情况下，走上了大会主席台。他说："我也是雏老师的一名学生，而且在一所中学也教了二十几年的书。我一直有一个心愿，就是想让自己也像雏老师一样，把最美的眼神传递给学生。开始的时候，我总不能做好，后来我渐渐发现，能够传递这样美的眼神的人，需要的并不多，那就是你必须有一个浸满着人间大爱的灵魂。这样的一个人，才会生长出最人性的枝蔓，才会漫溢出爱的芳香。"

在对人的影响上，爱的浇灌和人性的感召，永远胜于其他形式。那一天，学校得到了他们最想要的答案。

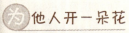

"三好生"

【陈庆苞】

上小学的时候,从一年级到五年级,他从未当过"三好生",也从未想过当"三好生",尽管他成绩不错,表现也很好。

村子的东北方向有个军营,军营子女是学校里的一个特殊群体,他们穿戴干净,长得也漂亮,不像农家子弟,即使是大冬天也敞着怀,鼻子下常常挂着鼻涕。他们还能给老师捎一些在地方上买不到的东西,自然就比农家子弟"得宠"。村里的孩子只要不是很出色,很难引起老师的注意。他那时很自卑。

临放寒假时,学校照例在小操场上召开表彰会,"三好生"上台领奖是表彰会的高潮。校长在上面讲话,学生在下面说话,老师在后面吸烟,整个操场乱哄哄的什么也听不见,他坐在下面低着头想自己的心事。

"要发奖了!"有人喊了一声,同学们的目光都聚到主席台上。被喊到的大都是军官子女,他很羡慕他们。当然仅仅是羡慕,即使夜里做108个梦也不会梦见自己当"三好生",他觉得"三好生"不是他这种人当的。直到旁边的"大棍"用胳膊肘搞他。"快!校长喊你到台上领奖,你是'三好生'啦!"

"快去呀!"旁边的几个人也叫道。

就这样,在小学临近毕业的那个学期,他第一次被评为了"三好生"。

领奖的时候,为了替农家子弟争回些面子,他走得郑重其事。到主席台上,他也像军官子女那样向校长敬了一个标准的少先队队礼。

接下来,就该双手接奖状了。

六、谢谢老师

"你来干什么?"校长的神色奇奇怪怪,脸上没有一丝笑容。

"我来……领奖呀。"他不明白,为什么校长对其他的"三好生"笑容可掬,唯独对他冷冰冰的。

"领什么奖?"校长一下子暴怒起来,"简直是胡闹!"

他一下子蒙了:"不是你喊我来领奖的吗?"

这时他才知道自己被人捉弄了,当着这么多人的面。他无地自容,转身就跑。

他的班主任,一个不苟言笑、做事认真得近乎古板的人,走过来拦住他:"别走,这次'三好生'有你呀。"

全场一下子静了下来。

班主任走到校长面前:"这次'三好生'有他,怎么能没有呢?我明明记得有嘛。"

校长生气地把名单递给他。他仔细地看了两遍,一拍脑门儿:"哎呀,你看我,写名单的时候把他漏掉了。都怪我!"

校长脸一沉:"胡闹!亏你平时那么认真,也能出这种错!现在怎么收场?"

全场静得出奇。

班主任把上衣口袋里的钢笔拿下来递到他手上:"没有奖状和红花了,这个奖给你吧。"班主任平时常穿一件蓝色中山装,上衣口袋里常常别着一支钢笔,钢笔的挂钩露在外面,在阳光下白灿灿的,引得学生羡慕不已。要知道,那个时候对一个农村孩子来说,钢笔还是奢侈品啊。

那个寒假,他过得既充实又兴奋。

他当时对班主任虽有感激,但更多的是埋怨。埋怨他一时的疏忽让自己在众人面前出了丑。要是领奖那天没有那令人难堪的一幕该有多好!他常这样想,并遗憾万分。从此以后,他见了班主任总觉得不自在,尽量躲着走。班主任一笑置之,待他如故。

20年后,他已是某中学的一位班主任。

一天,他向妻子谈起了往事,提到他当年的班主任,那个平时不苟言笑、做事认真得近乎古板的人。

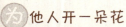

为他人开一朵花
WEI TAREN KAI YIDUOHUA

"你说,他那么认真的一个人,怎么能把我漏掉呢?"他感慨道。

妻子笑吟吟地反问道:"他那么认真的一个人,怎么能单单把你漏掉呢?亏你现在还是班主任。"

半晌无语。夜半,他披衣而起,两眼含泪,拿起信笺……

教师不仅是知识的传播者,而且是模范。

——布鲁纳

六、谢谢老师

难忘的体罚

【兰妮·麦克穆林】

也许，在这个世界的其他地方同样也有威信极高而能使所有学生都敬畏如神的老师，但肯定不会有哪位老师会像在我们镇上呆了30多年的弗洛斯特女士那样，差不多成了全镇老少的严师，让大家都服膺于心。

我不知道她是如何走进众人的心底的，至于我，那是因为一次难忘的体罚：挨板子。

那是一次数学考试。试前，弗洛斯特女士照例从墙上把那块著名的松木板子取下来，比试着对我们说："我们的教育以诚实为宗旨。我决不允许任何人在这里自欺欺人，虚度时日。这既浪费你们的时间，也浪费我的时间。而我早已年纪不轻了，奉陪不起——好吧，下面就开始考试。"说着，她就在那张宽大的橡木办公桌后坐了下来，拿起一本书，径自翻了起来。

我勉强做了一半，就被卡住了，任凭绞尽脑汁也无济于事。于是，我顾不得弗洛斯特女士的禁令，暗暗向好友伊丽莎白打了招呼。果然，伊丽莎白传来了一张写满答案的纸条！我赶紧向讲台望了一眼——还好，她正读得入神，对我们的小动作全毫无察觉。我赶紧把答案抄上了试卷。

这次作弊的代价首先是一个漫长难熬的周末。晚上，又翻来覆去难以入眠；才迷糊过去，又被噩梦惊醒——连卧室墙上那些歌星舞星们的画像似乎都变成了弗洛斯特女士，真让我心惊肉跳！早就听人说过，教室里一只蚂蚁的爬动也逃不过弗洛斯特女士的眼睛，这么说，她现在只是故意装聋作哑罢了。思前想后，我打定主意，和伊丽莎白一起去自首。

为他人开一朵花

周一下午，我们战战兢兢地站到了老师身边："我们知道错了，我们以后永远不做这种事了，就是……"（没说出口的是"请您宽恕！"）

"姑娘们，你们能主动来认错，我很高兴。这需要勇气，也表明你们的向善之心。不过，大错既然铸成，你们必须承受后果——否则，你们不会真正记住！"说着，弗洛斯特女士拿起我们的试卷，撕了，扔进废纸篓，"考试作零分计，而且——"

看到她拿起松木板子，我们都惊恐得难以自持，连话也说不囫囵了。

她吩咐我们分别站在大办公桌的两头，我们面面相觑，从对方的脸上看到自己的窘态。"现在你们都伏在自己身边的椅背上——把眼睛闭上，那不是什么好看的戏。"她说。

我抖抖索索地在椅背上伏下身子。听人说，人越是紧张就越会感受到痛苦，老师会先惩罚谁呢？

"啪"的一声，宣告了惩罚的开始，看来，老师决定先对付伊丽莎白了。我尽管自己没挨揍，眼泪却上来了："伊丽莎白是因为我才受苦的！"接着，传来了伊丽莎白的呜咽。

"啪！"打的又是伊丽莎白，我不敢睁开眼睛，只是加入了大声哭叫的行列。

"啪！"伊丽莎白又挨了一下——她一定受不了啦！我终于鼓起了勇气："请您别打了，别打伊丽莎白了！您还是来打我吧，是我的错！——伊丽莎白，你怎么了？"

几乎在同时，我们都睁开了眼睛，越过办公桌，可怜兮兮地对望了一下。想不到，伊丽莎白竟红着脸说："你说什么？是你在挨揍呀！"

怎么？疑惑中，我们看到老师正用那木板狠狠地在装了垫子的座椅上抽了一板："啪！"哦，原本如此！

——这便是我们受到的"体罚"，并无肌肤之痛，却记忆至深。在弗洛斯特女士任教的几十年中，这样的体罚究竟发生了多少回，我无从得知，因为有幸受过这种板子的学生大约多半会像我们一样：在成为弗洛斯特女士的崇拜者的同时，独享这一份秘密。

六、谢谢老师

有种水果叫香蕉

【杨国华】

"香——蕉。"老史在课堂上读，学生们就跟着念，满屋子的香蕉声就这样划破了山村晨雾。学校是沂蒙山深处的一个破庙，老史是学校里唯一的教师，学生只有十四个，却分属四个年级。

"老师，什么是香蕉？"一个孩子从石板叠起的"课桌"后面站起来，他举了手问这个问题。他的脸蛋儿冻得通红，猴子屁股似的。他还穿着开裆的棉裤，屁股蛋儿被板凳冰得生疼。

"香蕉是一种水果，可以吃。"老史回答。

"像咱村的山楂一样吗？是圆的吗？有山楂大吗？"孩子继续发问。村里只有山楂能够吃。

"大概是吧！"老史挠了挠头，头发上马上沾了些许白白的粉笔屑。

"老师吃过香蕉吗？"孩子不依不饶地问，另外十三个孩子也瞪大眼睛看着老史。

"没……我也没吃过……"老史不光没吃过香蕉，也没见过香蕉。

"连老师也没吃过。"孩子长叹一口气，很失望地坐到板凳上。

老史回到家中，问自己媳妇，家里还有多少钱。媳妇刚卖了鸡蛋，有十块钱准备到集上打油吃。"拿来给我，吃过饭，我进一趟城。"

媳妇噘着嘴从裤腰里掏出了手绢儿，一层层打开，把一卷儿毛票儿不情愿地递给老史。

到城里有六十多里路。老史步行到镇上坐汽车，要两块钱。老史心里疼：媳妇得攒多少鸡蛋呢？但还是坐了。

为他人开一朵花

WEI TAREN KAI YIDUOHUA

到了城里,一下车,老史就在车站上打听,有卖香蕉的吗?正好旁边有卖水果的小贩,一听便乐了,真是土老帽儿,连摊子上黄灿灿的香蕉都不认识!他忙把老史叫过来,问老史买不。老史这才认识啥玩意儿叫香蕉:黄黄的月牙般的,十几个像孩子一样挤着,真像学校里自己教的十四个娃儿。老史想着想着便笑了。老史问多少钱一斤,小贩要一块五,少一分不卖。老史讲了半天价,也讲不下来。只好称了四斤。

老史看着天还早,掏出怀里的玉米面饼子,向小贩讨了一碗开水,蹲在车站上吃了。老史兜里还剩两块钱,他舍不得花了,心想又不是不识路,干吗要瞎花钱坐车?走着回去吧!省两块钱给媳妇买条头巾。他就去市场给媳妇买了头巾,便走着回家了。

冬天天黑早,走到四十里地的时候,天就渐渐黑了。还有十多里山路呢,老史很着急,不觉紧跑起来。等村里的人掌灯吃饭的时候,老史才瞧见村里的灯火。山路曲曲折折,天又黑,老史一脚踩空,跌了一跤,头正磕到石头上,眼前一黑,就什么都不知道了。

老史醒来的时候,觉得头疼,睁开眼一看,媳妇正在油灯下哭,见他醒了,忙给他盖了盖被子。"香蕉呢?"老史忙问。"在这儿呢!你连命都不要啦?"媳妇心疼他。见香蕉好好的,老史就放心了,忙从怀里掏出头巾给媳妇。媳妇破涕为笑,把头巾蒙在头上对着镜子照,不一会儿又哭了……

第二天早上,老史还没起,一睁开眼,吓了一跳,十四个学生都站在床前,手里提着鸡蛋、红糖之类的东西。那个孩子哭着揉眼:"都怪我,老师。"老史把孩子叫到身边,用手给他把泪擦干,然后,从床头上把香蕉拿出来,一只一只地掰给学生,自己也拿了一只,笑着对孩子说:"今天,你们都知道什么是香蕉了吧!来,一人一只,咱们一块吃。"

说完,老史便把香蕉塞进嘴里,学生们打量着手里那黄黄的、胖胖的、月牙儿一样的香蕉,学着老史的样子,把香蕉塞进嘴里。每个人嘴里都涩涩的,不好吃。老史对学生说大概香蕉就这味吧!

六、谢谢老师

你看，城里小贩多坑人！虽然不好吃，学生们都吃下了。孩子们眼里盈着泪，不知是不是涩的……

后来，那个提问的孩子走出了大山，考进了城里的学校；再后来，他又考进了更大的城市的一所大学。他早已知道香蕉是热带植物，是一种剥了皮才能吃的水果。他去了南方，在香蕉树底下照了一张照片，咧着嘴笑，头顶一挂硕大的香蕉。他把照片寄给了老史。

那个孩子就是我。

为学莫重于尊师。
——谭嗣同

不管一个人取得多么值得骄傲的成绩，都应该饮水思源，应当记住是自己的老师为他的成长播下最初的种子。
——玛丽·居里

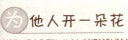

为他人开一朵花

WEI TAREN KAI YIDUOHUA

感谢左手

【王绍明】

小学三年级时，我从一所乡村小学转到一所新的学校念书。新学校是镇里的重点小学，教师讲课的内容有很多是我听不懂的。这成了让我紧张不安的重要问题，一方面是怕因此成绩跟不上大家，另一方面我还害怕同学们的耻笑和奚落。因为上课时，老师喜欢课堂提问，别的同学全都高高举起右手，争先恐后地抢着回答，而我则往往连老师提问的是什么都没搞清楚，所以我不敢举手。但这随即会招来许多同学鄙夷的目光。出于虚荣心，有几次我对不会的问题也违心地举起了手。刚开始还蒙混过好几次，可后来还是露馅儿了。

那是一堂数学课，上课的是刚调来的一位姓袁的女老师。袁老师提问，我习惯性地举起了手。这次袁老师偏偏就点到了我。我的脑袋"嗡"的一下蒙了。我低着头从座位上站起来，脸红得发烫。我隐约听到旁边同学的窃笑，眼泪很快流出来了。

那一堂课我什么也没听懂，直到放学了我仍一个人呆呆地坐在教室里伤心。就在我泪流满面的时候，一双温暖的手搭在了我的肩膀上。我吃惊地一回头，是袁老师亲切的笑容。

袁老师耐心地问清了我的实际情况，微笑着与我达成协议："那么这样吧。当你真的能回答提问的时候，你就和大家一样举起右手；如果你不会，你就举左手。这样我就知道你到底会还是不会了。"

从此，每次提问，我都可以心安理得地从容举手了。随着时间的推移，我举起右手的时候越来越多了。每每与袁老师目光相触时，我俩都心照不宣地相互报以一笑。那浅浅一笑，照亮了我快乐的童年，令我时至今日仍心存一份感激。

六、谢谢老师

难忘的八个字

【玛丽·伯德】

随着年龄增长,我发觉自己越来越与众不同。我气恼,我愤恨——怎么会一生下来就是兔唇!我一跨进校门,同学们就开始讥嘲我。我心里很清楚,对别人来说我的模样令人厌恶:一个小女孩,有着一副畸形难看的嘴唇,弯曲的鼻子,倾斜的牙齿,说起话来还结巴。

同学们问我:"你嘴巴怎么会变得这样?"我撒谎说小时候摔了一跤,给地上的碎玻璃割破了嘴巴。我觉得这样说,比告诉他们我生出来就是兔唇要好受点。我越来越敢肯定:除了家里人以外,没人会爱我,甚至没人会喜欢我。

二年级时,我进了老师伦纳德夫人的班级。伦纳德夫人很胖,很美,温馨可爱。她有着金光闪闪的头发和一双黑黑的、笑眯眯的眼睛。每个孩子都喜欢她、敬慕她。但是,没有一个人比我更爱她。因为这里有个很不一般的缘故——

我们低年级同学每年都有"耳语测验"。孩子们依次走到教室的门边,用右手捂着右边耳朵,然后老师在她的讲台上轻轻说一句话,再由那个孩子把话复述出来。可我的左耳先天失聪,几乎听不见任何声音,我不愿把这事说出来,因为同学们会更加嘲笑我的。

不过我有办法对付这种"耳语测验"。早在幼儿园做游戏时,我就发现没人看你是否真正捂住了耳朵,他们只注意你重复的话对不对。所以每次我都假装用手盖紧耳朵。这次,和往常一样,我又是最后一个。每个孩子都兴高采烈,因为他们的"耳语测验"做得挺好。我心想老师会说什么呢?以前,老师们一般总是说:

"天是蓝色的。"或者"你有没有一双新鞋?"等等。

终于轮到我了,我把左耳对着伦纳德老师,同时用右手紧紧捂住了右耳。然后,悄悄把右手抬起一点,这样就足以听清老师的话了。

我等待着……然后,伦纳德老师说了八个字,这八个字仿佛是一束温暖的阳光直射我的心田,这八个字抚慰了我受伤的、幼小的心灵,这八个字改变了我对人生的看法。

这位很胖、很美、温馨可爱的老师轻轻说道:
"我希望你是我女儿!"

教学的艺术不在于传授本领,而在于激励、唤醒、鼓舞。

——第斯多惠

七、心中流淌的清泉
QI XINZHONG LIUTANG DE QINGQUAN

友情的树枝 / 刘　佳
我的朋友——一个电话员 / 保罗·维里厄德
汪伦之约 / 李国文
老舍和朋友们 / 胡絜青　舒　乙
晚餐桌上的大学 / 费利斯
守林人 / 柯　蓝
父亲的菜园 / 王树槐
购买上帝的男孩 / 徐　彦

友情的树枝

【刘 佳】

友情像一棵树，只要你细心，它就可以枝繁叶茂。但这是棵树，有些枝条要好好地保护，而有些枝条却要果断地修剪掉，树才能顺利生长。

有一枝叫敏感，它总是放肆地生长着，烦扰着我对朋友的心情。我曾经过于注重朋友对自己的态度，而不关心原因。我总认为友情应是专一的，最好的朋友只有一个，也要求朋友对我也同样专一，永远充满热情。无论何时我需要帮助，甚至半夜把朋友从梦里拉起聊天，他（她）也应毫无怨言。我不允许被朋友冷落，即使高朋满座，也不能把我遗忘……后来，在失去了许多朋友之后，我才明白，友情是默默的关怀。每个人都在为生活奔忙着，只要彼此知道牵挂着对方，有了困难便无条件地帮忙，最少我知道有可诉苦的去处，这就足够了。何必对友情刻薄呢？于是，我果断地砍掉这枝树杈。

有一枝叫抱怨。即使是再要好的朋友也不能忍受对他（她）的抱怨。友情是美好的，但不完全美，就像世间的事物一样，朋友之间也难免会有误解或矛盾。每个人都有性格，也许你不会当面指责朋友的错误，但若是到另一个朋友那里去说闲话，那就更糟了，因为你失去的将不只是一个人的友谊。我毫不犹豫地砍下这一枝树杈。

面前又有一枝叫自视聪明。如果你有才华和自视有才华，而且觉得自己很聪明又雄心勃勃，或事业小成，就可以趾高气扬地在朋友面前炫耀，并自恃内行而压制别人的思想，那是非常错误的。因为朋友之间是平等的，当你失败的时候，正是他们来安慰

七、心中流淌的清泉

你、鼓励你，每个朋友都见过你的落魄和奋斗的全过程，并为你的成功而高兴，如今你的狂妄会让人感到那些虚假和忘恩负义。骄傲会转变成对友情的轻视，当你认为友谊不那么重要时，它便会悄悄远离了。赶快剪掉这枝树杈。

还有一枝名叫嫉妒。这是人性中的一块阴影。有时，面对朋友的成功，我心中除了喜悦之外还多少有些失落的酸涩，这是危险的，迟早友谊会出现裂纹。其实一个人的幸福，与朋友共同分享就成为大家的幸福；一个人的痛苦分成几份承担，也就不成其为痛苦了。砍掉这桠树杈吧，别犹豫。

精心修剪之后，我发现友情这棵树只剩下真诚、关怀、信任，它快乐地伸展着枝条，旺盛地生长成一片葱郁。此时，我发现树的顶端有一只饱满而红艳的友情果实正高挂着，等我来采摘。

真正的友情，是一株成长缓慢的植物。

——华盛顿

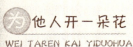

为他人开一朵花
WEI TAREN KAI YIDUOHUA

我的朋友——一个电话员

【保罗·维里厄德】

记得我很小的时候,我家楼梯平台处的墙上,钉着一个木盒子,磨得发亮的电话听筒挂在盒子一侧。我还记得电话号码——105。那时,我太小,根本够不到电话,当妈妈打电话时,我常常迷惑地在一旁听着。一次,她抱着我与出差的爸爸通了电话。嘿,那真是妙极了!

不久,在这奇妙的电话机里,我发现了一个神奇的人,她的名字叫"问讯处"。她什么事情都知道。妈妈可以向她询问其他人的电话号码;家里的钟停了,她很快就能告诉我们准确的时间。

一天,妈妈去邻居家串门,我第一次独自体验了这听筒里的神灵。那天,我在地下室里玩弄着工具台上的工具,一不小心,锤子砸到了手指上,疼得钻心。但似乎哭是没有用的,因为没有人在家,无法同情我。我在屋子里踱着,吮着砸疼了的手指。这时,我想起了楼梯那里的电话。我很快将凳子搬到平台上,然后爬上去,取下听筒,放在耳边。

"请找问讯处。"我对着话筒说道。

"我是问讯处。"随即,一个细小、清晰的声音在耳边响起来。

"我砸痛了手指……"突然,我对着听筒恸哭起来。由于有了听众,泪水止不住地住下流。

"你妈妈不在家吗?"听筒里传来了问话声。

"家里就我一个人。"我哭着说。

"流血了吗?"

"没有。我不小心用锤子砸伤了手指。"

七、心中流淌的清泉

"你能打开冰箱吗？"

"可以的。"

"那你切下一小块冰来放在手指上，这样，就不疼了。不过用碎冰锥的时候可要小心些。好孩子，别哭了，不久就会好的。"

此后，我向"问讯处"问各种各样的问题。我问她地理，她就告诉我费城在哪里，奥里诺科河（在委内瑞拉）——一条富于浪漫色彩的河在哪里。我想等我长大了，我要去这些地方探险。她教我简单算术，还告诉我，那只我前天才捉到的心爱的花栗鼠应该吃水果和坚果。

一次，我家的宠物金丝雀彼蒂死了，我把这消息告诉了她，并向她讲述了这个悲哀的故事。她听后，讲了些安慰我的话。可这并未使我感到宽慰。为什么一个能唱动听的歌并给我们全家带来欢乐的鸟儿，竟就这样离我而去了呢？

她一定是感到了我的关切之意，于是轻柔地说："保罗，记住，还有别的世界，它还是可以去唱歌的。"

听了这话，不知怎么，我心里感到好多了。

所有这些事情发生在西雅图附近的一个小镇上。我9岁时，我们全家搬到了波士顿，可我却仍然非常想念我的那位帮手。但不知怎么，对于现在大厅桌子上的那台新电话机，我却一点儿也不感兴趣。

当我步入少年时期的时候，童年谈话时的记忆一直萦绕着我。在有疑虑的时候，我常常回忆起以往悠然的心境。那时，我知道，我随时可以从"问讯处"那里得到答案。现在，我体会到了，对于一个浪费她时间的小男孩，她是那么耐心理解，又是那么友好。一晃几年过去了。一次我去学院上课，飞机途经西雅图停留半个小时，然后，我要换乘其他飞机。于是，我打算用15分钟时间给住在那里的姐姐打个电话。然而，我竟不由自主地把电话打到了家乡的电话员那里。

突然，我又奇迹般地听到了我非常熟悉的那细小、清晰的声音："我是问讯处。"

为他人开一朵花

我不知不觉地说道:"你能告诉我'fix'这个词怎么拼写吗?"

一阵长时间的静寂后,接着传来了一个柔柔的声音:"我猜想,你的手指现在一定已经愈合了吧?"

"啊,还是你。"我笑了,"你是否知道在那段时间里,你在我心目中有多么重要……"

"我想,你是否也知道,你在我心目中又是多么重要吗?我没有孩子,我常常期待着你的电话。保罗,我有些傻里傻气,是吧?"

一点也不傻,但是我没有说,只是告诉她,这些年我时常想念她,并问她我能否在这一学期结束后,回来看望姐姐时再给她打电话。

"请来电话吧,就说找萨莉。"

"再见,萨莉。如果我再得到花栗鼠,我一定会让它吃水果和坚果的。"

"对,我希望有一天你会去奥里诺科河的。再见,保罗。"

三个月过后,我又回到了西雅图机场。然而,耳机中传来的竟是一个陌生的声音。我告诉她,我要找萨莉。

"你是她的朋友?"

我说:"是的,一个老朋友。"

"那么,很遗憾,告诉您,前几年由于她一直病着,只是工作半天的,一个多月以前,她去世了。"

当我刚要挂上电话,她又说:"哦,等等,你是说你叫维里厄德?"

"是的。"

"萨莉给你留了张条子。"

"是什么?"我急于想知道她写了些什么。

"我念给你听:'告诉他,我仍要说,还有别的世界,它还是可以去唱歌的。他会明白我的意思的。'"

谢过之后,我挂了电话。是的,我的确明白萨莉的意思。

七、心中流淌的清泉

汪伦之约

【李国文】

"桃花潭水深千尺,不及汪伦送我情。"李白的这首《赠汪伦》诗,因为编进了小学语文课本,在中国大地上,几乎无人不知。但是,要问一下,诗中的这位主人公,他的来龙去脉,他的履历行状,就没人说得上来了。

只有一个解释,汪伦是一个普通人。

据《李白集校注》,另有《过汪氏别业(二首)》,据称也作《题泾川汪伦别业(二章)》,似可参证。即使这首诗,也没有多少汪伦的细节介绍。只知这位主人,可能很富有,也很好客,因此有条件邀请李白到他家小住,而且他还拥有别墅,在泾川的山清水秀处,正合诗人的雅兴。两人虽然初次见面,"畴昔未识君,知君好贤才",因此,诗人与汪伦相当投契,一见如故。而且,主人家的高规格接待,也让诗人感动。"我来感意气,捶炰列珍羞。"看来,唐朝的"徽菜",就相当考究了。

从诗句"相过醉金罍"、"吴觞送琼杯"看,李白在汪氏别业小憩,吃得固然开心,喝得好像更加开心。诗题下有校者注:"白游泾县桃花潭,村人汪伦常酝美酒以待白,伦之裔孙至今宝其诗。"

汪伦善酝,他的家酿美酒,自然是上乘的佳醪,着实令好酒的诗人迷恋陶醉。从两首诗中,"酒酣欲起舞,四座歌相催","酒酣益爽气,为乐不知秋",两次同用"酒酣"一词,我估计是诗人手不释杯的结果,老先生喝高兴了,来不及推敲,才犯了诗家的重复之忌。由此也证明"李白斗酒诗百篇"的那种米酒,在长安酒肆里出售的,由漂亮的胡姬斟进他杯子里的,大概酒精度较低。如果是二锅头那样的烈性酒,一斗下肚,就该学阮步兵,作三月

为他人开一朵花

醉了。

但这首李白的诗,却使附丽于诗中的汪伦与诗一齐不朽。正如王勃那篇《滕王阁序》一样,一句"都督阎公之雅望",那位洪州牧阎伯屿也跟"落霞与孤鹜齐飞,秋水共长天一色",同在《古文观止》的这篇文章中被人吟诵朗读。历朝历代,在南昌任地方官者,可有一位被人记住,被人提起?

一首好诗,一篇美文,能起到这样的效用,是出乎作者预料的。本是名不见经传的,本是极一般的人汪伦,却在李白的诗中留下了深情的名声。

清人袁枚的《随园诗话》,对汪伦之约有一段记载:"唐时汪伦者,泾川豪士地,闻李白将至,修书迎之,诡云:'先生好游乎?此地有十里桃花。先生好饮乎?此地有万家酒店。'李欣然至。乃告云:'桃花者,潭水名也,并无桃花。万家者,店主人姓万也,并无万家酒店。'李大笑,款留数日。"

我特别欣赏"李大笑"这三个字。

因为今之李白,很难做到大师那样的豁达坦荡。当代作家笔下的贵族化和当代作家精神的贵族化,碰上袁枚所说的汪伦式的这种老百姓玩笑,究竟有多大的承受力,会不会勃然大怒,会不会扭头就走,真是说不好的。也许因为追求这种贵族化的结果,势必要疏离那些平常的、平凡的、普普通通的大多数人。同样,这些平常的、平凡的、普普通通的大多数人,不再是文学的忠实读者,也是很正常的现象。

因此,在车载斗量的当代作品中,要想读到李白这样情真意挚的、表现普通人的诗篇,恐怕是很不容易的了。

七、心中流淌的清泉

老舍和朋友们

【胡絜青　舒乙】

朋友二字，对老舍有至高无上的意义。

他曾经想不结婚，到了三十而立的年岁还没有什么动静，说是不能因为结婚而疏远了朋友。朋友们可着了急，反驳他说："你要是再不结婚，会变成一个脾气古怪的人，朋友们便不再理你！"为了怕丢掉朋友，这才点了头——找女朋友结婚。不过，他说："你们去帮我找吧。"把这事又交给了朋友们。

终身大事全是为朋友、靠朋友。

老舍由14岁起便离开了家，那一年他开始念中级师范，从此，没有再回家长住。他只是在星期日和过年、过节才回家看看母亲。他很爱他的母亲，可是，他成年累月住在学校里和同学家里。

30岁那年老舍由英国回国之后，也没有和母亲住在一起。他当时还没有成家，直接由车站到了好友白涤洲家。

后来，老舍在济南和青岛教书，中间回北平几趟，轮流住在白涤洲、齐铁恨、罗常培三位老友家，有时回家看看母亲。

朋友的家便是他的家。

在家中，老舍不爱说话，相当严肃。

在朋友面前，老舍的话相当多，而且很幽默，判若两人。

老舍每天要写一两千字到两三千字，在家的时间，他都给了这一至三千字。他静静地吸烟，然后写；静静地喝茶，又写；静静地摸骨牌，再写；静静地擦桌子，还写；静静地搬水浇花，继续写；静静地看画，写，写，写……思想直接变成了文字。

一心不二用，绝对的。专心到了家中语言似乎失去了它的功

为他人开一朵花

能。在老舍写作的最旺时期，甚至发生过在书桌上写个便条要家人去办事，以至一整天一句话也不说。

他结婚之后，曾对新婚的妻子恳切地宣布了他的两个"小毛病"：

一、每天早上起床之后，我从不说话，脑子里装满了要写的东西；不要奇怪，我绝不是在生气，请你原谅。二、你看我一个人点起烟卷想事的时候，请千万别理我。

但是，只要朋友一来，就废除一切戒律。一切都围绕着朋友转。不论是来谈什么，上至文学、艺术和国家大家，下至花草、小孩和风土人情，全成。舍文陪君子，而且永远笑容可掬，谈笑风生。

朋友们对老舍也十分体贴，熟朋友们一致商定，谁也别上午去打搅他，让他安静地写一个整上午，有什么事下午再说。这，也成了规律。

但也有几位三日不见便心里痒痒的老友，忍不住还是上午乃至清晨就来看老舍。赶到见了老舍，便远远地摆手，再指点着花草，意思是："不是来看你的，你干你的，不用管我，我看看花！"他们悄悄向家人打听老舍的起居安康，然后，心满意足地"看花"归去。

不管怎么说，他的客厅，他的时间，他的心永远向朋友们敞开着。

写，重要；朋友，更重要。

外地文艺界朋友来京，老舍必约至小馆相聚，这也是规律。

北京不少饭馆的经理、领班和厨师都认识老舍，是老朋友了。老舍根据来客的特点，说上一两句关照的话。厨师朋友心领神会，立刻就能搭配出一桌使客人满意的饭菜来。

巴金同志不常来北京，每次来北京时，老舍总会抓起电话，兴致勃勃地通知老朋友："老巴来了，来聚聚吧！"他愿意让更多的老朋友一齐分享他的快乐。

有时，来了正在"倒霉"的朋友，他们心情不佳，躲着朋友，不愿露面。但是，只要被老舍知道，千方百计也要把他们找着，然

七、心中流淌的清泉

后下函相约，正式设宴招待。见了面，并不谈那些倒霉的事。对于像石挥等等委屈遭难的朋友来说，这一餐非同小可，他们吃下去的岂止是北京的名菜，更是他们最需要的人间的温暖，朋友的温暖。

老舍最敬佩周恩来同志。周总理曾经到迺兹府丰盛胡同10号找老舍长谈。有一次，两人由2点一直谈到6点，并一起进餐。周总理告诉老舍：对老舍来说，留在党外起的作用更大。

老舍生前最后的一封信是写给总理的。1966年8月初，老舍积虑成疾，大口吐血，入了北京医院。他在一个小学生用的笔记本上起草了一封给总理的信，只有俩短句："我病已愈，您不用来看我。"

他想见总理，有好多话要对总理说，总理是老舍最信赖的知心人。可是，老舍没有发出这封信。

几天之后，刮起了可怕的风暴，老舍以死相拼。此时，有一个坚定的信念支配着他——"人民是理解我的！总理最了解我！"他说着这句话，视死如归。

老舍突然去世之后，第一个出来为老舍说话的，果然是周总理，像收到老舍的那信，像听到老舍的那话……

他们的心果然相通。

老舍爱画。不算老舍自己的本行。老舍有三大爱好：看画、养花、写字。爱画大概是首位的。

爱画、崇拜画，也就爱和画家来往。

老舍患有坐骨神经痛，腿脚不便，但是每次大小美术展览会他必到，还要当场自己掏钱买画，而且专找还没订出去的画或者少有人订的画。他愿意让每个人不受到冷落，他愿意让每位画家的劳动都受到社会的尊重。这些被他买下的画，当场被标上一个小红纸条，上面写着"老舍订"。

解放初，许多北京的国画家尚未被安排工作，生活比较窘迫。他们常常拿些自己的作品来，让老舍欣赏挑选。老舍绝不让他们扫兴而归，总要高高兴兴地留下一两幅，而且一定立即付稿酬。于是，一时，老舍家中国画家们络绎不绝。

为他人开一朵花

老舍交友,并不以有名气为准,不少名气不大的或者地道的小人物,也和他是莫逆之交。

老舍结婚时,操办者原准备请一位有名的学者证婚。老舍不同意,他要让宝乐山大哥——一位比他大十一岁的、被他视为兄长的、对他有过帮助和影响的普通人——为他证婚。

在重庆,百龄餐厅的老板杨作权和大鼓名手富少舫是老舍最好的朋友中的两位。他写信告诉刚到重庆的家人:有什么事为难,是借钱,是找车,不管什么事,去找他们二位,一定会帮忙的,比办自己的事还上心。

在北碚,一位北方茶叶铺老板冯玉斋是老舍的好友。老舍上街,必到冯老板的茶叶铺小坐,聊聊。

在北京,一位小酒店的经理陈默邺是老舍的好友。赶到老舍要宴请朋友,必写信给陈经理订酒,称他为"陈先生"。陈经理的小手提包里永远放着一本翻得卷了边的《骆驼祥子》或者老舍的别的什么书。

北京体育保健医师刘世森、裱画工人刘金涛也和上面提到的几位一样,是属于常来往型的普通人当中的好朋友。他们属于各行各业,其中以警察、花匠、拳师、店员、车夫、泥瓦匠和家庭妇女为多。

老舍每次出国访问回来,总要列一份小名单——小烟碟给谁,小木偶给谁,小首饰给谁,小雕像给谁——把所有收到的个人小礼物都赠给好友。

老舍常常把朋友写进他的作品之中,比较典型的有《鼓书艺人》、《歪毛儿》、《毛博士》、《离婚》等等。

老舍常常受朋友给他讲的故事中的启发,以这些故事为线索创作出他的作品来,比较典型的有《骆驼祥子》、《柳屯的》、《上任》等等。

不能说,他交朋友是为了把他们写进自己的作品,或者给自己的作品找些好题材。不,不是这样;如果是这样,就不易交上真朋友。

七、心中流淌的清泉

晚餐桌上的大学

【费利斯】

为了防止他的孩子们堕入自满自足的陷阱,父亲要求我们每天必须学一样新的东西,而晚餐似乎是我们交换新知的最佳场合。

我们从没有想过要叛逆父亲的意愿。所以,每次我们兄弟姐妹聚集在浴室里洗手准备吃饭时,我们都必定互相询问:"你今天学到了什么?"如果答案是"什么也没学到",那么,我们一定会先在我们那套残旧的百科全书里找出一点什么来,否则就不敢上桌吃饭。例如,找出"尼泊尔的人口是……"。

晚饭时声音嘈杂,杯碟的碰撞声衬托着热烈的谈话声。我们说的是意大利皮德蒙特方言,这是为了迁就不会说英语的母亲。我们叙述的事情不论怎样无关紧要,也不会不受重视。我们的父母都会仔细聆听,并会随时作出评论,他们的评论往往深刻而有分析性,且都非常中肯——

"这样做很聪明。""你怎么会这么糊涂的?""这样说来,你只是咎由自取!""可是没有人是十全十美的。""好,那真是不错。"

然后是压轴戏。那是我们最怕的时刻——交换我们今天所学到的东西。

这时,坐在餐桌上位的父亲会把椅子推向后面,斟上一杯红酒,点一支香浓的意大利雪茄,深吸一口,将烟吐出,然后扫视他这群子女。

最后,他的目光会停在我们其中一个的身上。"费利斯,"他叫着我受洗的名字说,"告诉我你今天学到些什么。"

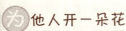

"我今天学到的是尼泊尔的人口是……"

"尼泊尔的人口。嗯。好!"接着,父亲会看着坐在桌子另一端、正在照例用她喜欢的水果来调配一点剩酒的母亲,问道,"这个答案你知道吗?"

母亲的回答总是会使严肃的气氛变得轻松起来。"尼泊尔?"她会说,"我非但不知道尼泊尔的人口有多少,我连它在世界上什么地方也不知道呢!"当然,这种回答正中父亲下怀。

"费利斯,"父亲会说,"把地图拿来,我们来告诉你妈妈尼泊尔在哪里。"于是,全家人开始在地图上找尼泊尔。

类似的事情一再重复,直至全家每一个人都轮过了才能算完。因此每次晚餐之后,我们都会增长六种诸如此类的知识。

我们当时都是孩子,一点也觉察不出这种教育的妙处。我们只是迫不及待地想走出餐屋,去跟那些教育水平不及我们的朋友一起玩喧闹的踢罐子游戏。

如今回想起来,我才明白父亲给我们的是一种多么生动有力的教育。在不知不觉中,我们全家人一同长进,分享经验,互相参与彼此的教育。而父亲通过观察我们,聆听我们的话,尊重我们提供的知识,肯定我们的价值和培养我们的自尊心,毫无疑问是对我们影响最深的导师。

人生的追求,情感的冲撞,进取的热情,可以隐匿却不可以贫乏,可以恬然却不可以清淡。

——余秋雨

七、心中流淌的清泉

守 林 人

【柯 蓝】

守林人带着猎枪和他的猎狗，在日夜巡视着森林。他一步一步地走着，走一步，就要听一听那突然的灾害，是不是意外地来了……

他负责发出风灾和火警的信号！他还负责不让一切可疑的阴谋，从这里通过，在森林里躲藏。

守林人在森林里生活久了，年老了还是跟青年人一样。他脸上的皱纹，是那树木的皱纹，经历过万年的风霜，不断地增加，却又不断地成长。他那坚强的双腿，是那坚强的树干。他那不知疲倦的双脚，是那伸遍满山的树根。有树根的地方，就有他的脚印……

晚风起了，森林在沙沙地说话，守林人就站下来听着听着，他能听懂它们的话。

下雪了，厚厚的雪铺遍了森林，压在所有的树枝上，也压在守林人的身上，于是他知道积雪的重量，把哪些幼小的树枝压断了。

寒冷的夜晚，整个森林都冰冻了，也冰冻了守林人，他从他自己的眉毛和胡须上的冰霜，知道了树木的寒冷……

守林的老人，你的岁数有多大？你就是森林，森林就是你，你的过去就是那一片高大的树木，你的未来就是那一片幼小的树林。

每时每刻我一看见这一大片森林，我就看见了你……

父亲的菜园

【王树槐】

一条新修的公路，使我家失去了四季翠绿的菜园。接下来的日子，我们的心情都不大舒畅。没有了新新鲜鲜的蔬菜，对一个普普通通的农家来说，就像断了奶的孩子，其困窘和渴盼是可想而知的。

终于有一天，父亲望着饭桌上总也盛不满的菜碗，说要重新开一块像样的菜园。我们以母亲为首，投去诧异的目光——要知道，现在在我们这里要找出一块可当作菜园的地，是相当困难的了。望着我们疑惑的神情，父亲坚毅地说："我们去开荒！"

于是，在我家后面的山坡，父亲选择了一块相对平缓的坡地，作为菜园的基地。每天天色未明，父亲就扛着锄头箢箕上山去，直到傍晚，才挑着一担柴草回家来。一个星期过去，展现在我们面前的，是足有三四分翻过的黄土地。

也是好事多磨。父亲还没来得及整理他新辟的菜园，一场暴雨说来就来了。正在吃午饭的父亲把碗一丢，抓起锄头冲进了急雨中……当我们雨后爬上山时，父亲的头发还在往下滴水。然而，那薄薄的一层泥土却被大雨冲了个一干二净，露出大块大块狰狞的岩石来。父亲一个星期的劳动，几乎化为乌有了。

父亲没有因此而气馁，他在坡地的边缘砌了一道高高的石墙，再从山脚下把土挑上去，一筐一筐，盖住了那可怕的岩石。父亲的双肩红肿，脚板也磨起了血泡。但他看着新菜园，却幸福地笑着。

父亲在他的新菜园里，点种了豌豆。望着这一块贫瘠的坡地，我问父亲："它们真的能长出来吗？"

七、心中流淌的清泉

父亲摸摸我的后脑勺，信心十足地说："当然会！撒了种子，就会有收获的。"

我似信非信地点着头。直到第二年春天，我才真正相信父亲的话——那一片紫色的豌豆正惹眼得很呢。

然而，正在我做着吃香喷喷的炒豌豆的梦时，父亲却又一次上山，把那一片正茂盛着的豌豆全翻在泥土里。我有些疑惑不解，父亲说："我们不能光顾眼前。也真难为了这块荒地，它是拼了命才养出这一片豌豆来的。就这样榨干它，以后就别想吃大黄瓜了。这一季豌豆是专用来肥土的。"

以后的日子，父亲便四处拾粪。有时我在山坡上放牛，尿憋急了，父亲也要我跑到菜地里去撒，好几次都憋得我难受极了。在父亲的精心侍候下，原本贫瘠的死黄土，已经黑得发亮了，一锄头挖下去，还能翻出蚯蚓来呢。远远望去，就像一块碧绿的翡翠，嵌在荒凉的山坡上。

直到现在，那一块坡地，仍是我家的菜园。春有豆角莴笋，夏有黄瓜茄子，秋有菠菜黄花，冬有萝卜白菜。一年四季，都是一片诱人的翠绿。

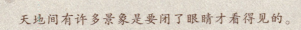

天地间有许多景象是要闭了眼睛才看得见的。

——钱钟书

购买上帝的男孩

【徐 彦】

一个小男孩捏着一美元硬币,沿街一家一家商店地询问:"请问您这儿有上帝卖吗?"店主要么说没有,要么嫌他捣乱,不由分说就把他撵出了店门。

天快黑时,第二十九家商店的店主热情地接待了男孩。老板是个六十多岁的老头,满头银发,慈眉善目。他笑眯眯地问男孩:"告诉我,孩子,你买上帝干吗?"男孩流着泪告诉老头,他叫邦迪,父母很早就去世了,他是被叔叔帕特鲁普抚养大的。叔叔是个建筑工人,前不久从脚手架上摔了下来,至今昏迷不醒。医生说,只有上帝才能救他。邦迪想,上帝一定是种非常奇妙的东西,他把上帝买回去,让叔叔吃了,伤就会好。

老头眼圈也湿润了,问:"你有多少钱?""一美元。""孩子,眼下上帝的价格正好是一美元。"老头接过硬币,从货架上拿了瓶"上帝之吻"牌饮料说:"拿去吧,孩子,你叔叔喝了这瓶'上帝',就没事了。"

邦迪喜出望外,将饮料抱在怀里,兴冲冲地回到了医院。一进病房,他就开心地叫嚷道:"叔叔,我把上帝买回来了,你很快就会好起来!"

几天后,一个由世界上顶尖医学专家组成的医疗小组来到医院,对帕特鲁普进行会诊。他们采用世界上最先进的医疗技术,终于治好了帕特鲁普的伤。

帕特鲁普出院时,看到医疗费账单上那个天文数字,差点吓昏过去。可院方告诉他,有个老头帮他把钱付清了。那老头是个亿万富翁,从一家跨国公司董事长的位置上退下来后,隐居在本

七、心中流淌的清泉

市,开了家杂货店打发时光。那个医疗小组就是老头花重金聘来的。

帕特鲁普激动不已。他立即和邦迪去感谢老头。可老头已经把杂货店卖掉,出国旅游去了。

后来,帕特鲁普接到一封信,是那老头写来的,信中说:年轻人,您能有邦迪这个侄儿,实在是太幸运了。为了救您,他拿一美元到处购买上帝……感谢上帝,是他挽救了您的生命。但您一定要永远记住,真正的上帝,是人们的爱心!

> 良心是灵魂之声,感情是肉体之声。
> ——卢　梭

> 无言的淳朴所表示的情感,才是最丰富的。
> ——莎士比亚

八、最后一棵树

BA ZUIHOU YIKESHU

保护罗布泊 / 贺　退
一碗水的愤怒 / 魏　雷
最后一棵树 / 佚　名
金星人的挫折 / 阿特·布克毕德
善良的动物残忍的人 / 星　竹
别碰坏鸟儿的歌声 / 沈顺万
云雀 / 林斤澜
烈马青鬃 / 姜泽华
橡树之谜 / 黄越城
自然之道 / 迈克尔·布卢门撒尔

保护罗布泊

【贺 遐】

罗布泊,一个荒蛮、苍凉的地方。满眼都是黄沙和干草。突然几只双峰野骆驼出现在我们的视野中。它们携家带口,慢慢地从路的左边出现,向右边的沙山奔去。它们体态优美,姿态优雅,信步前进。当看见人的踪迹后,它们迅速向前跑去。速度之快令人叹为观止。这就是罗布泊仅存的为数不多的几种生物之一。

很久以前,罗布泊曾经是一片汪洋,湖边水草密匝,水鸟纷飞,鱼跃水面,人唱舟行,丝绸之路在这里繁荣了几百年。但慢慢地,随着流入罗布泊的塔里木河水上游的人群的繁殖和环境的恶化,漫漫黄沙吞没了文明与生命。这是灾难性的奇观。每个来到罗布泊的人,都会感受到大自然的恐怖,而这些凄凉和蛮荒,都是人类自己导演出来的。

我们这次活动是随上海车手王龙祥单骑穿越罗布泊。近9天里,每当一天艰苦的行程结束,尽管大家都疲惫不堪,但我们却被要求把所有的生活垃圾都收拾起来,集中在一个地方,然后再统一进行焚烧。烧不掉的就深埋。

开始,包括我在内的很多人都不理解。大荒漠的,扔点东西算什么,对环境会有什么影响呢?但是随着行程的深入,我们不时地看到,在路边有堆放得很好的瓶子和一些无法消解的垃圾。据司机介绍,这都是以前来这里的游客留下的。原来几乎每一个来这里的人都形成了惯例,那就是把宿营所留下的垃圾安全地处理掉,尽量做到不对罗布泊的环境造成影响。时常,在宿营结束后,一位曾经多次穿越罗布泊的老师傅更是认真,他一次次弯下腰,细致地寻找散落在地上的一些细小的垃圾,然后捡起来扔到

八、最后一棵树

一堆。那种细致劲让每一个在场的人都深受感动。在以后的日子里，我们几乎天天都被这种情绪感染着。大家都开始自觉地做一个热心环保的人。渐渐地，这种风气影响了所有的人，并成为了一条不成文的规矩一直延续到穿越活动结束。

　　来罗布泊的人越来越多，但我欣喜地发现这里的环境还是得到了很好的保护。从大自然生态环境的角度看，罗布泊曾起到调节塔里木盆地东端干旱气候的作用。由于罗布泊的干涸，湖区周边进一步沙化，因此，我们更有义务来保护这片地方。不仅是为了保护这剩余不多的动植物，更是为了我们人类自己未来的发展。否则，我们就是在自掘坟墓。

我们往往只观赏自然，很少考虑与自然共生存。
——王尔德

自然是温和的向导，并不因温和而缺乏智慧和正义。
——蒙田

为他人开一朵花

WEI TAREN KAI YIDUOHUA

一碗水的愤怒

【魏　雷】

　　在我生命里曾经流淌过一碗水，是这碗水让我懂得了什么是真正的愤怒。

　　暑假时，久居都市的我与朋友结伴西北行。七月如火，车子在高高的黄河大堤上爬行。黄河河底龟裂，河水时断时续，给人一种苟延残喘的感觉，全没有"黄河在咆哮"的气势。在黄河拐弯处好不容易才见到了一个村子，村子因树而得名，叫"五棵树村"。据说那里前几辈人时，全村确确实实只有这顽强生存下来的五棵树。在村头有个苗圃，绿绿的一片，让长途跋涉的我们略感一丝凉意。一个小姑娘拿着一个特制的大瓢，在每一棵小树苗根上小心地滴上一点点水，那动作好像是在轻抚睡梦中的婴儿。

　　"小姑娘，能不能给点水？"我不停地用毛巾擦着好像永远也擦不干的汗，渴望能洗一把被汗水渍疼的脸。

　　小姑娘迟疑了一下，转身走向苗圃后面的屋子，屋子里的椅子上坐着一位老妇人，脸上带着世事洞明的安详。小姑娘轻轻对她说了些什么，老妇人点点头，从腰间"哗啦"一声摸出一串钥匙。这时我才看见在屋子和苗圃之间有一眼水窖，水窖设有坚固的木盖，木盖上牢牢地锁着一把大铁锁。

　　只见小姑娘轻盈地走到水窖前，熟练地打开大铁锁，用一个小木桶小心地汲出一点水，倒进一个干净的陶瓷碗里。她双手捧着那碗，像捧着整个世界一样，走到我面前说："走远路渴了吧，快喝吧！"我看了一眼，那水里竟漂浮着一些细小的杂物，在白瓷碗里更显得浑浊。

　　本来我是想洗把脸凉爽一下，喝的水我们自带了许多瓶装的

八、最后一棵树

纯净水。等小姑娘转过身去继续"滴"她的水后，我让同伴把那碗水倒出来，我开始洗脸。

听到水落地的声音，老妇人和小姑娘不约而同地投来愤怒的目光。老妇人从椅子上站了起来，喊了声："作孽呀！"突然摔倒了。小姑娘却不去搀扶老妇人，只是惊叫着跑到我身边，迅速地抢过我同伴手中的水碗，然后竟扑到地上，伸开双手用力去挖我脚下那一点被水浸湿的土，捏成一个泥团，迅速跑到苗圃旁新栽的小树边，深挖了一个坑，把湿泥团贴着树根埋下，这才急切地叫着"奶奶"，向老妇人跑去，慢慢把她搀扶到椅子上。

我被这一切惊呆了，一时不知道自己该做些什么。良久，我们才从小姑娘口中知道，这村子周围和黄河大堤旁的小树苗都是那位老人家培育出来的，这水窖也是老妇人挖的。前年大旱，水窖里也难存住水了，为了让刚栽上的小树苗能够成活，老妇人翻山越岭到二十余里之外的地方去挑水，不料半路上一脚踏空，瘸了一条腿。

老妇人叹了口气，意味深长地说："不是我小气，这样热的天，我的苗圃一天才用那一瓢水，你们不知道吃水的苦，这样糟蹋水，我心疼呀！"

大自然是一本打开的书。心灵纯洁的读者不可能误读它。

——卡尔·波普尔

最后一棵树

【佚 名】

从前有一位农夫,每天不是下地干活,就是照看家里,忙得不可开交。眼看冬天就要来了,可家里取暖做饭用的柴火只剩下了一丁点儿。

他骑上马,一路飞奔来到森林里,但眼前的情景让他大失所望。由于人们修房盖屋,所有的树木都被砍得一干二净。他不死心,又骑马赶到河谷边,可又失望了:人们为了造船,把那里的树木也砍得光秃秃的。

现在,只剩下远处的小山没有寻找了。于是,他策马飞奔,整整跑了一夜,才赶到那里。他惊讶地发现那里只有孤零零一棵大橡树。大橡树枝肥叶茂,蓬蓬勃勃,高高地挺立在那里,树的四周长满了幼小的树苗。

农夫抡起斧子就要砍。

"等一等。"他的耳边突然传来一个声音。

农夫放下斧子,向四周看了看,发现没有人。农夫奇怪了,自言自语道:"是谁在说话呢?""是我。"橡树回答道。

农夫乐了,说:"原来是大橡树啊,可树怎么会说话呢?""不,我们会说话。"橡树反驳道。

农夫问:"你想要我等什么?"橡树反问道:"你为什么要把我砍倒?"

"因为我需要柴火为家里人取暖做饭。"农夫回答道。"可我是最后一棵树呀,"橡树哭诉道,"你明年砍什么呢——到时候所有的地方都没有树了。"

农夫绞尽脑汁想了好一阵子。他低下头,看见地上的小树苗,

八、最后一棵树

突然眼前一亮，说："到时候我就把这些小树苗砍了当柴火烧。"

"它们还太小，不能当柴火烧。"橡树解释说，"等明年这些树苗长大了，你再砍我吧。"

"可我现在怎么办？"农夫说，"没有柴火，我的一家人就会被活活饿死、冻死。"橡树沉思了一会儿说："把你们家的木篱笆当柴火烧了吧。"

"那我所有的牲口都会跑掉的。"农夫说。

"建一道石墙围住不就行了。"橡树说，"一道石墙能用很多年呢。"

"这主意不错。"农夫一拍大腿说着，"可我们说好，明年我一定要来把你砍倒。"说完，就骑上马走了，留下橡树一条活命。

整整一个冬天，农夫都用他家的木篱笆当柴火烧。别的农夫看到此情此景，纷纷效仿，因为他们也找不到柴火烧。这个冬天，所有农夫的家人都乐乐呵呵，过得非常温暖舒适，并且每天都能吃上热气腾腾的饭。

转眼又到了秋天，那个农夫骑上马再次来到了森林里，只见这里还是小树苗。他又骑马来到那个河谷边，看到的仍是小树苗。于是，他骑马爬到那棵橡树高高耸立的小山上。当他爬上山顶的时候，他看到去年那些小树苗已经长成了半桩的小树。他走到橡树跟前，二话没说，举起斧子就要砍。

"等一下。"橡树说。农夫的斧子还举在空中，问道："什么事？"

"你为什么非要把我砍倒不可呢？我是最后一棵能结籽的树呀。假如你把我砍倒了，再不会有能结籽的树了。"橡树说着，吧嗒吧嗒掉起了眼泪。

农夫放下斧子说："没有办法呀，我需要柴火为家人取暖做饭啊。"

"如果你再等一年，"橡树说，"那些小树就能结籽了。到时候，你再把我砍倒怎么样？"农夫犹豫了，就问："可我今年烧什么呢？"橡树想了一下："你可以把木马棚子烧了，然后用砖砌一

167

为他人开一朵花

个新的,等明年这些小树能结籽的时候,你就可以把我砍掉。"农夫点点头,说:"那好吧,我明年一定来砍你。"说完,他离开了大橡树。

整个冬天,农夫都一直用他家的木马棚子当柴烧。别的农夫看到了,也如此这般纷纷效仿,吃上了热气腾腾的饭菜。

当秋天再次降临的时候,农夫骑上马又向森林里去了。但是,小树太少,不够一个冬天用。最后,他还是来到那棵大橡树前,将斧子举到了头顶。这一次,橡树没有说话。

农夫举起斧子的手停在了空中。他放下斧子,坐在树下。他问橡树:"我还能用什么来代替呢?"橡树没有作声。

农夫想了想说:"噢,我知道了。我可以把工具棚当柴火烧,然后用石头再建一个新的不就行了。"于是,农夫离开了大橡树。

从那以后,每年秋天,这个农夫都要骑上马,来到大橡树边。坐在硕大无朋的橡树下,靠着那粗壮的树干,他总会想起别的东西来烧火取暖。

如今,那棵橡树依然挺立在那里……不过,它已经不是孤零零的最后一棵树了。

自然从来不开玩笑,她总是严肃的、认真的,她总是正确的;而缺点和错误总是属于人的。

——歌 德

八、最后一棵树

金星人的挫折

【阿特·布克毕德】

上星期,金星上一片欢腾——科学家们成功地向地球发射了一颗卫星!眼下,这颗卫星停留在一个名叫纽约市的地区上空,并正向金星发回照片和信号。

由于地球上空天气晴朗,科学家们很有可能获得不少珍贵资料。载人飞船登上地球究竟能否实现?——他们甚至对这个重大问题都取得了某些突破。在金星科技大学里,一次记者招待会正在进行。

"我们已经能得出一个结论,"绍格教授说,"地球上是没有生命存在的。"

"何以见得?"《晚星报》记者彬彬有礼地发问。

"首先,纽约城地面都由一种坚硬无比的混凝土覆盖着——这就是说,任何植物都不能生长;第二,地球的大气中充满了一氧化碳和其他种种有害气体——如果说有人居然能在地球上呼吸、生存,那简直太不可思议了。"

"教授,这些和我们金星人的空间计划有无联系?"

"我的意思是:我们的飞船还得自带氧气,这样,我们发射的飞船将不得不大大增加重量。"

"那儿还有什么其他危险因素?"

"请看这张照片——你看到一条河流一样的线条,但卫星已发现:那河水根本不能饮用。因此,连喝的水我们都得自己带上!"

"请问:照片上这些黑色颗粒又是什么意思呢?"

"对此,我们还不能肯定。也许是些金属颗粒——它们沿着固定轨迹移动,并能喷出气体,发出噪音,还会互相碰撞。它们的

为他人开一朵花

数量大得惊人,毫无疑问,我们的飞船会被它们撞个稀巴烂!"

"如果你说的都没错,那么这是否意味着:我们将不得不推迟数年来实施我们原来的飞船计划?"

"你说对了。不过,只要我们能领到补充资金,我们会马上继续开展工作的。"

"教授先生,请问:为什么我们金星人耗费十亿格勒思(金星的货币单位)向地球发射载人飞船呢?"

"我们的目的是:当我们学会呼吸地球上的空气时,我们去宇宙中的任何地方都会平安无事了。"

大地是生化万物的慈母,她又是掩藏众生的坟墓。

——莎士比亚

自然以其博大的胸怀对她的万物善而待之,无不充足地向每一生灵提供生存的一切必要手段。

——蒙 田

八、最后一棵树

善良的动物残忍的人

【星　竹】

一百年前，人们在亚马逊河两岸砍伐树木时，发现一种十分奇怪的现象：在电锯的轰鸣声中，所有的动物都逃离了，唯有一种叫做树虎的动物没有走。据记载，树虎是非常怕人的。工人们深感奇怪，不明白这些树虎为什么不走。

他们找来动物学家桑普。他的话让工人们很吃惊，他说一定有一只树虎被树胶粘在树上了，所以其他的树虎才不走。

大家仔细搜寻，果然发现树干上有一只树虎。原来，一千只树虎里，总会有一只被树胶粘住，从此不能再动弹。让人感动的是，一动不动的树虎仍然能在世上活很多年。因为周围的树虎都会来轮番喂它。伐木工人听了这样的说法被深深感动了，他们将整棵树移到森林的深处。于是，所有的树虎也都跟着迁移了。

但多年后，树虎还是在世上灭绝了。因为它的毛皮非常昂贵。于是，有人先将一只树虎用胶粘在树上，其他树虎便相继跟来。寻食喂养这只不能动的树虎。善良使它们纷纷落入猎人的圈套，被贪婪者一网打尽。

一只北极鼠，被猎人的夹子夹住了后腿，夹子又被缠在了树上，除了等死，北极鼠别无选择。但它没死，直到一年后，它的后腿脱落，一瘸一拐地逃生了。而这一年中，总会有几只母鼠来喂养它。于是，人们又利用北极鼠的善良，将北极鼠捕获。慢慢地，北极鼠同样也被灭绝了。

南非沙漠里还有一种动物叫沙龙兔，沙龙兔之所以能在沙漠里成活而没有渴死，完全是因为一种团结的精神。沙漠每两年才会下一次像样的雨水，这对于任何生命都极为珍贵。每次下雨，

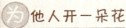

为他人开一朵花

成年的沙龙兔都会跑上几十里,不吃不喝,不找到水源绝不回来。每次它们都能把好消息带给大家。它在返回来时,连洞也不进,因为沙漠中的雨水有时会在一天内蒸发掉。这是沙龙兔两年中唯一的一次正经补水。于是,为争取时间,平日很少见到的沙龙兔群集的景象出现了。大队大队的沙龙兔,会在这只首领的带领下,跑上几十里去喝水。

而那只成年沙龙兔,一般都会在到达目的地后,因劳累而死去。又是人类,利用沙龙兔的这一特点,故意设置假水源,当大批沙龙兔到达地点后,却发现那里根本没有水而渴死。于是,捕猎者便不费吹灰之力地把它们装入口袋。

动物的善良与奉献精神,让人类感动;而人类的残忍,却让人类自己胆寒。据世界动物组织的调查表明,许多动物,如此善良、如此献身的精神,正是它们繁衍的需要。这种善良与献身,是它们能代代相传、永远生存下去的基础。世上没有任何天敌能够战胜善良。只有人类做着灭绝善良的事。

世上的许多动物,都是在善良的奉献中被人类利用,被人类灭杀的。所以人类要讨论的问题,并不是杀生与不杀生的问题,而是灭绝还是保护善良的问题。

诚实的人从来讨厌虚伪的人,而虚伪的人却常常以诚实的面目出现。

——斯宾诺莎

八、最后一棵树

别碰坏鸟儿的歌声

【沈顺万】

两只普通的鸟儿，在父亲的手里兴奋着。

鸟儿在精制的笼子里，上上下下扑棱着翅膀，用它那还稍带一点陌生的目光惊恐地打量着眼前这个狭小的空间，呆头呆脑的样子……

这是父亲刚从集市上买回的一对鹦鹉，老人很得意地把它们放进鸟笼里悬挂在阳台上，给鸟们暂时制造一个在空中的虚拟的假象。

父亲说，现在生活条件好了，也该寻点精神上的享受。我为父亲退休后生活补充了新的色彩而高兴，他把自己的情感维系在这嫩嫩的小生灵上。他把过去对石油无机生命的热爱转化为现在对鸟儿有机生命的热爱，谁又能称出这些爱的分量呢？

每天早上，鸟儿便用极动听的歌喉给家人送来第一声问候和祝福；这些可爱的小精灵用世界上最美妙的歌声铺垫这个崭新而温暖的小窝。它们开始熟悉并接纳了这个家；屋子里因而多了欢笑，如同空气碰撞在玻璃上的回荡，余音袅袅。一有空闲父亲便十分小心地喂养着鸟儿，老人保持着一种平和的心境同鸟儿小声唠嗑，鸟儿也用歌声同老人交流，他们那种令人难以复述的精神愉悦彼此相互传递，影响着我们。

现在，我看着父亲用曾经握过钻杆的粗大的手掌侍弄鸟笼，像是摆弄刚从街上买回来的一架琴，一不小心就拨弄出一些令人心醉的旋律来。从鸟儿快乐的嘴里滑出来的歌声是世间任何音乐也无法比拟和替代的，绿绿黄黄的鸟儿是被这美妙无比的歌儿驮到这个世界上来的。

父亲是转战南北的老石油工人，一生嗜鸟，他为我讲述了六十年代那场关于人类与鸟儿的战争。父亲一般不愿回忆那段令人

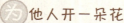

为他人开一朵花

不愉快的往事，即使现在父亲触及旧事心里也隐隐作痛。那时饿疯了的人们对鸟儿怀有一种不共戴天的刻骨仇恨，小小的麻雀也成为人类的天敌，万众齐诛共伐，涂炭生灵，父亲养的两只麻雀也未能幸免。一天，父亲从井场下班回来，看到两只可怜的麻雀已经成为工友们桌上的美餐。父亲恼了，有生以来第一次与他多年朝夕相处的弟兄们拳脚相见，而他的同伴们也破天荒地没有还手。

鸟儿同人类友好相处，丝毫没有伤害人类利益的想法，它们用美丽的羽毛为这个世界增添颜色，用清丽的歌声给人类带来欢乐，用优雅的翱翔为人类展示和平。

鸟儿怎么也不能摆脱蓝天的诱惑，很难想象，没有鸟儿的天空会是什么样的天空。鸟儿对蓝天的渴求，就如同我们永远追求生活的热望一样强烈。可是，又有谁能剥夺鸟儿对天空的自由与向往？它们总是衔一片春色飞向那纯洁而光明的圣地，那里至少没有阴霾，只有蝴蝶们在鲜花丛中尽情舞蹈，在绿叶与红花之间自由自在地吮吸大自然的精魂。

一夜霏霏细雨，天空变得整洁而明媚，鸟儿在划过天空时洒落下来的歌声，事实上远比我们人类的歌声纯粹而伟大得多，它剔除了所有的矫情和虚伪；我们城市的上空，也因缺少了鸟儿的影子显得更加苍白。再没有比翅膀更宽广的天空，天空是鸟儿双翅的延伸，鸟儿的翅膀是为天空而生长的。可大气层已玷污了这片圣洁的领空，人类在创造物质文明的同时，也创造了愚昧和灾难，还有什么事情比毁灭自身更残酷？

往日，我们头上的那片天空全部洒满了鸟儿啼落下来的歌声，那歌声分明由全人类分享。而现在笼中的鸟儿的歌声却被我们俘虏了，成为私有财产的一部分，歌声虽美但令人心疼；我们的那首歌里飞翔的小鸟抑或鸟儿美丽温馨的歌声，恰恰是造物主馈赠给我们的最好礼物。我把想法告诉了父亲，父亲不是诗人，他却用诗样的语言告诫我：别破坏了鸟儿的歌声，否则，就碰掉了生命中的色彩。

父亲稍稍停顿了一下，神色显得格外庄重，目光怔怔地盯着窗外，像是自言自语：总有一天，我会把它们还给天空。

八、最后一棵树

云 雀

【林斤澜】

讲究养鸟的人，有的爱养白灵、八哥。这些鸟会学别的鸟叫，会学狗吠猫唤、驴鸣马嘶。会几套直至30来套，套数越多越值钱，那是不消说的了。

我听这些鸟的学舌，一回两回还可以，多了就厌烦，因为造作，因为只有点"形似"，没有"神似"；只有"模仿"，没有"创造"。听一两回也只是新奇，没有叫人动心的欢喜。

教会学舌，不时还要使用残忍的手段，比如抓只小猫咪，拿盆扣住，把鸟笼放在盆上边。小猫憋得难受，当然连声叫唤，哀求呼救。这样三天五天，直到鸟儿学会才算完。鸟儿学会的，不是猫撒欢的叫法，而是小猫的哭泣。

大个子画眉，小个子红子，都是亮嗓门。画眉洪亮，红子清亮，我都爱听，又都不怎么感动。我心里有最美好的鸟叫，想起那样的叫法，心都要飞起来似的。

小时候我在南方住过竹山，常见竹林里"嗤"地一声，箭般射出来一只鸟，直上半天空。同时叽啾叽啾叫个不住，越叫越快，越叫越欢，越欢越跳，到了半天空，摊开翅膀，一边滑翔，一边撒下来串串生命的欢腾。

这是南方的叫天子，学名云雀。

我在北京常见笼子里养着的画眉，体态丰满。红子则小巧玲珑。百灵脖子上一道墨项圈，也有气派。后来见着一种鸟，像百灵又小一号，没有项圈。一身毛色更加黄里带灰，土名"蛾勒"，学名也是云雀。它的叫声像百灵，但不会学舌，绝没有南方叫天子的拼命叫出欢喜来。

为他人开一朵花
WEI TAREN KAI YIDUOHUA

毛和声的不同，可能因环境而异。我打听它在大自然里的叫法，据说从麦田或杂木林子里箭一般直射天空，飞得有多快，叫得有多欢实……那么这是北方的云雀无疑了。

如果养鸟也是社会需要，对丰富文化生活有好处，那么请养百灵吧，它会学舌；请养画眉吧，它蹲在笼子里多富态；请养小巧的红子吧，它的嗓音清亮。

请不要养云雀，它在笼子里，就丧失了全部的长处。让它箭一般射向天空。让它叫尽欢腾的生命。

我反对把云雀关在笼子里。

> 勿以恶小而为之，勿以善小而不为。
> ——刘　备

> 为着追求光和热，人宁愿舍弃自己的生命。生命是可爱的。但寒冷的、寂寞的生，却不如轰轰烈烈的死。
> ——巴　金

八、最后一棵树

烈马青鬃

【姜泽华】

那年,部队上送我们生产队一匹军马。那马年齿虽老,却是形体高大,浑身铁青,颈上的鬃毛有一尺多长。听老人们讲,那叫青鬃马。

青鬃马的性子很烈,被牵进牲口棚的第一天,就咬伤了那头企图骚扰它的黑叫驴。心疼黑叫驴的饲养员上前拉"偏架",被它一蹄子尥出老远。为此青鬃马没少受饲养员的报复,头脸上常有马勺磕出的累累伤痕。

青鬃马力气虽大,却不会犁地。它快捷的步幅总是令好些和它同驾的牲口跟不上趟儿。要它独拉一架犁,它又顶不了一个工日。对它一动鞭子,它就狂跳不已。没人能够驾驭得了它。

因此青鬃马经常被拴到树上挨鞭子。特别是生产队长的鞭子。队长使得一手儿好鞭子,鞭头硬,打得准。他运足了劲儿,能把马耳朵一鞭打裂。

青鬃马便开始变得郁郁寡欢,无精打采。它经常趴在粪水坑里,把自己弄得满身污秽,落魄不堪,就像那年代的"地富反坏右"。

"把它牵了去遛遛吧!实在不行,就……"就怎么样队长没说。因为那年月随便杀牲口可不是小事情,那可是"生产资料"啊!时近中午,饲养员牵着青鬃马回来了。青鬃马身上的泥粪已被洗刷净,虽瘦骨嶙峋,却显得精神抖擞。饲养员有掩饰不住的喜悦:队长,这是匹好马哩!骑上它,跑得飞快,还特别稳当!

真的?生产队长在青海当过兵,也能骑马。他从饲养员手中

为他人开一朵花

接过缰绳,一翻身跨上马背。稍一抖缰绳,青鬃马猛地蹿了出去……

野外的空阔辽远刺激了青鬃马已近僵硬的神经和蛰伏的野性。它扬起鬃毛,收腰扎背,四蹄翻飞,跨阡度陌,跃丘赵睿,尽情地奔驰在自由的风里。

队长满面红光,惬意地从马背上跃下,把缰绳往饲养员手里一扔:妈的!好马不犁地哩!找上几个人,杀杀它的野性儿,绝对是匹好牲口。

这次,青鬃马被拴到那棵枯槐树上就显得很隆重。树周围站满了成圈的看客,圈内是轮番抽打的七八个鞭手。在鞭梢儿的呼啸里,青鬃马悲声长鸣,鬃毛纷飞,鲜血崩流……

正当鞭手们打累了,队长吩咐把马解开,蛮有把握地要收获一头驯服的牲畜时,突然一声惊天的长啸,青鬃马猛地挣断缰绳,后蹄一蹬前蹄一扬,竟跃上了近三米高的枯树!在落上树杈的瞬间,两条插入树枝的前腿骤然折断!白森森的骨茬子都迸出皮外!青鬃马发出最后一声长长的哀鸣……

那天,队里每家都分到了一块马肉。我记得妈妈用马肉包了饺子,却不太好吃。因为那肉馅儿不但粗糙不香,而且还有股辛酸的味儿。

我至今还保留着我捡到的那匹青鬃马的一片马蹄铁。那马蹄铁已磨得很薄很薄。

背离自然也即背离幸福。

——约翰逊

八、最后一棵树

橡树之谜

【黄越城】

　　1972年的那个严寒的冬季，我带着几位从没见过寒带原始森林风光的上海知青，进入到原始森林的深处去"观光"。为了躲避一只受惊扰而突然从冬眠中醒来而暴跳如雷的熊，我们在惊慌中拼命奔逃。等我喘着大气停下来的时候，却发现自己已孤身一人，而且在莽莽苍苍的原始森林中迷失了方向。干粮断绝两天之后，我疲惫地走进了一片低矮而密集的橡树林，只觉得眼前突然一亮：我终于见到了完整的太阳（在以红松、白桦等高大树种为主的林海深处，不仅看不到完整的太阳和月亮，连星星也难以见到）。

　　我见到了完整的太阳，心中也升起了生命的希望，因为我知道，橡树的果实———橡子，是可以食用的。小时候，我曾吃过橡子面制作的食品，不仅耐饥饿，口感也不错。

　　我急不可耐地寻找橡子，遗憾的是树上的橡子早已被鸟儿或松鼠吃掉了，只留下空空荡荡的壳……我在地上扒开积雪，挖地三尺地搜寻，结果还是一无所获。

　　我绝望地在一棵枯死的橡树旁坐下了。一阵紧似一阵的寒风吹得饥肠辘辘的我一阵紧似一阵地颤抖，我感觉自己也变成了一副空空荡荡的躯壳，我已两天两夜没吃东西了！

　　在绝望中，对生命的渴望使我又做着最后的努力。我用匕首剥刮枯死的橡树树皮，想用它们燃起一堆驱散严寒的篝火……就在这时，意外的惊喜发生了：被剥去树皮的光溜溜的树干上出现了许多小洞，而每个小洞中都镶嵌着一粒橡子！饱满成熟的、珍

为他人开一朵花

珠般闪亮的橡子!

我近乎疯狂地用锋利的匕首在小洞上挖了起来……真是大自然的恩赐,每个小洞都是鬼斧神工,不大不小,不深不浅,刚好镶进一粒同样大小的橡子(现在回想起来,那树干简直就是一件完美的艺术品)。

干枯的橡皮树和橡子壳在篝火中欢快地跳跃,映红了白茫茫的冰天雪地……我用烤熟的橡子驱散了绝望,恢复了体力,然后依靠北斗星认准了方向,最终走出了原始森林。

我回到了连队(连队已准备为我开追悼会了),同伴们听了我的奇遇之后都感到很惊奇。这个谜也从此在我的内心深处沉淀下来,久久没有解开。

直到前不久,我遇到一位研究寒带原始森林的专家,才知道救了我生命的不是任何神灵,而是森林中常见的啄木鸟。专家说,啄木鸟与许多在寒带森林定居的鸟类和动物一样,每年秋季都要为自己贮藏食物过冬。为了不使贮藏的食物被其他鸟儿或动物抢掠和盗走,它便在树干上啄洞,然后把食物贮藏在洞中……

我惊呆了,好半天默然无语:当年拯救了我生命的,竟是一只啄木鸟!

当然,那专家还告诉我:"啄木鸟贮藏食物时不仅要挑选好几棵树,甚至还会挑选好几棵不同形状和不同种类的树……你只是吃掉了贮藏在一棵树上的橡子。它也许会挨几天饿,但不会饿死……"森林专家还说:"啄木鸟贮藏食物只挑选枯死了的树……它们甚至比我们人类更懂得保护养了它们的大森林……"

啊,我的橡树林,我的啄木鸟,你们现在还好吗?

八、最后一棵树

自然之道

【迈克尔·布卢门撒尔】

在加拉巴哥群岛最南端的海岛上,我和7位旅行者由一位博物学家做向导,沿着白色的沙滩行进。当时,我们正在寻找太平洋绿色海龟孵卵的巢穴。

小海龟孵出后可长至330磅。它们大多在四五月份时出世,然后拼命地爬向大海,否则就会被空中的捕食者逮去做了美餐。

黄昏时,如果年幼的海龟们准备逃走,那么这时就先有一只小海龟冒出沙面来,作一番侦察,试探一下如果它的兄弟姐妹们跟着出来是否安全。

我恰好碰到了一个很大的、碗形的巢穴。一只小海龟正把它的灰脑袋伸出沙面约有半英寸。当我的伙伴们聚过来时,我们听到身后的灌木丛中发出了瑟瑟的声响。只见一只反舌鸟飞了过来。

"别作声,注意看。"当那只反舌鸟移近小海龟脑袋时,我们那位年轻的厄瓜多尔向导提醒说,"它马上就要进攻了。"

反舌鸟一步一步地走近巢穴的开口处,开始用嘴啄那小海龟的脑袋,企图把它拖到沙滩上面来。

伙伴们一个个紧张得连呼吸声都加重了。"你们干吗无动于衷?"只听一个人喊道。

向导用手指压住自己的嘴唇,说:"这是自然规律。"

"我不能坐在这儿看着这种事情发生。"一位和善的洛杉矶人提出了抗议。

"你为什么不听他的?"我替那位向导辩护道,"我们不应该干预它们。"

为他人开一朵花

一位同船而来的人说:"只要与人类无关,也就没什么危害。"

"既然你们不干,那就看我的吧!"她丈夫警告着说。

我们的争吵声把那只反舌鸟给惊跑了。那位向导极不情愿地把小海龟从洞中拉了出来,帮助它向大海爬去。

然而,随后所发生的一切使我们每个人都惊呆了。不单单是那只获救的小海龟急急忙忙地奔向那安全的大海,无数的幼龟——由于收到一种完全错误的信号——都从巢穴中涌了出来,涉水向那高高的潮头奔去。

我们的所作所为简直是愚蠢透了。小海龟们不仅由于错误的信号而大量地涌出洞穴,而且它们这种疯狂的冲刺发生得太早了。黄昏时仍有余光,因此,它们无法躲避空中那些急不可耐的捕食者。

只见刹那间,空中就布满了惊喜万分的军舰鸟、海鹅和海鸥。一对加拉巴歌秃鹰瞪着大眼睛降落在海滩上。越来越多的反舌鸟群急切地追逐着它们那在海滩上拼命涉水爬行的"晚餐"。

"噢,上帝!"我听到身后有一个叫道,"我们都干了些什么!"

对小海龟的屠杀正在紧张地进行着。年轻的向导为了弥补这违背自己初衷的恶果,抓起一顶垒球帽,把小海龟装到帽子中。只见他费力地走进海水里,将小海龟放掉,然后拼命地挥动手中的帽子,去驱赶那一群接着一群的军舰鸟和海鸥。

屠杀过后,空中满是刽子手们饱餐之后的庆贺声。那两只秃鹰静静地立在河滩上,希望能再逮住一只落伍的小海龟来做食物。此时所能听到的只是潮水击打加德勒海湾白色沙滩的声音。

大家垂头丧气地沿着沙滩缓缓而行。这帮过于富有人情味的人此时变得沉默寡言了。这肃静也许包含着一种沉思。

新人文读本 第2版

小学12卷，初中6卷

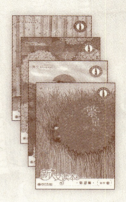

内容介绍

本套丛书充分张扬人文精神，使中小学生感悟爱、和谐、关怀、独立、自尊、创造、责任等饱含人情味和人文气息的人文主题。震撼人心的深刻内涵，创造奇迹的爱心故事，透明纯净的童心天空，温暖人间的美德修养，笑傲挫折的平静坦然，奇趣多彩的自然景观，广博深远的科技前景……缤纷的文字散发着馨香的人文气息，蕴涵着深厚的人文底蕴，引人入胜，发人深省。

系列亮点

精选当代美文　弘扬人文精神
倡导自主阅读　提升写作能力

国家"十一五"重点图书出版规划
· 全国"知识工程"联合推荐用书
· 全国"知识工程·创建学习型组织"联合团购用书
· 教育部全国中小学图书馆推荐用书
· 《中国图书商报》最具创新性助学读物

新科学读本
（珍藏版）

共8册

把科学教育从"题海战术"中解放出来

主编：著名科普作家、清华大学教授　刘　兵

中华人文精神读本

（青少年版）

4册·彩色插图版

丛书简介

如何对待我们的传统文化是近现代摆在我们面前的一个无可回避的问题，也是一个一直在热烈争论的问题，这也是国学"热"的重要原因。不同的时代面临的问题不一样，因此会有不同的观点。但"古为今用，取其精华"则是共识。《中华人文精神读本》精心挑选数千年来对中国产生过深远影响，而且在今天仍然在被人们所关心的26个主题，并从中国最重要的文化典籍中挑选朗朗上口，思想性和文学性很强的内容呈现给读者。丛书不仅仅是对古代文言进行注释和文意解说，为了便于读者理解，每个阅读单元还提供了生动有趣的小故事，并引申出对今天人们行为的有指导性的启示。图文并茂，生动活泼。

主编简介

汤一介：北京大学哲学系教授，中国哲学与文化研究所所长，博士生导师。加拿大麦克玛斯特大学荣誉博士学位。美国哈佛大学访问学者，曾任美国、澳大利亚、香港等大学客座教授。中国文化书院院长、中国哲学史学会顾问、中华孔子学会副会长、中国东方文化研究会副理事长、中国炎黄文化研究会副会长、国际价值与哲学研究会理事，国际儒学联合会顾问、国际道学联合会副主席；曾任国际中国哲学会主席，现任该会驻中国代表。

声　明

虽经多方努力，我们仍未能与本书部分作者取得联系，在此我们深表歉意。请相关著作权人尽快与北京大学出版社教育出版中心联系，我们将向您支付稿酬。

邮编：100871